蓄势待发
成为更好的自己

周亿 著

九州出版社
JIUZHOUPRESS

图书在版编目（ＣＩＰ）数据

蓄势待发：成为更好的自己 / 周亿著. —北京：九州出版社, 2021.12

ISBN 978-7-5108-7769-8

Ⅰ.①蓄… Ⅱ.①周… Ⅲ.①散文集—中国—当代 Ⅳ.①I267

中国版本图书馆CIP数据核字(2021)第278043号

蓄势待发：成为更好的自己

作　　者	周　亿　著
责任编辑	云岩涛
出版发行	九州出版社
地　　址	北京市西城区阜外大街甲35号（100037）
发行电话	（010）68992190/3/5/6
网　　址	www.jiuzhoupress.com
印　　刷	河北盛世彩捷印刷有限公司
开　　本	880毫米×1230毫米　32开
印　　张	8.25
字　　数	220千字
版　　次	2021年12月第1版
印　　次	2021年12月第1次印刷
书　　号	ISBN 978-7-5108-7769-8
定　　价	49.00元

△ 推荐序

给周亿写序，有点头疼。

因为我左思右想也找不到一个准确的词汇来形容她，更不知道应该怎么为她写推荐。

我为什么会这样？

冷静思考后才发现，原来她一直是一个"持续进步"的人，我担心今天给她的形容词，明天就显得有些"小"了。

在2019年刚认识她的时候，她还只是一个乖乖坐在台下的学生，那时她跟我说，希望有一天也能站在舞台上，我没太当回事，因为跟我这样说的人太多了。

可是后来她不知不觉就已经成为舞台上的常客，经常在课程中上台发表5分钟左右的演讲，每次都惊艳全场。

这个时候我感觉她不只是说说而已，果然她跟我说了她的新计划，希望拥有自己的专属课程，成为一名站在台上为学生答疑解惑的讲师……

为了让自己讲课更充实，她经常毛遂自荐去高校做服务，辅导大学生参加各类创业大赛。

记得有一次有一个"高大上"的活动在深圳举办，可以让她吸粉无数，不巧的是，正好跟江西高校的辅导活动冲突了。

在这种情况下，很多人肯定会选择商业的"高大上"，把学校的公益辅导放在后面，但是她毅然决然选择了学校，因为她觉得，答应了学校的事情就一定要履行。

后来在她的辅导下，学校的团队分别在全国大赛中拿到了金奖、银奖。很多人都在为她高兴的同时，只有我知道她在背后放弃了什么。

她的努力也得到了应有的回报，因为长期沉浸在学校的教学当中，她的教学能力受到社会各界的认可，而她的个人课程顺利开启，收获了无数拥趸。

她从当学生到经常上台，从经常上台到当讲师，这条路，她走了3年。

而在这3年的精进当中，她每天都在积累文字素材，每天持续写作，这才让她今天又迎来一个新的身份——图书作者。

所以就好像我开头说的，找不到一个准确的词汇来形容她，因为她的每一步都会超出你的期待。

而且我一直相信并坚信，这本书只是她在图书界的起点，正如书名《蓄势待发：成为更好的自己》一样，以后她一定会给我们带来更多的作品。

而用作品来说话，也是她一贯的作风。

最后，希望你正在阅读的这部作品，能够让你在迷茫的时候，找到前进的方向。

希望你阅读完作品后，能够找到再次出发的力量。

愿它能成为你奋斗路上的挚友，让你的人生蓄势待发。

晋杭

2021年10月17日

福建晋江

△ 推荐语·一

　　每个人都是一家无限责任公司，与这个世界做价值交换。而你，就是你自己这家公司的CEO。祝你能取之于势，换回你的全世界。

——刘润

润米咨询创始人

△ 推荐语·二

　　伟大的创业者最重要的特质是具有创新的思维、辽阔的视野、博大的格局、不懈的坚持和向善而行的价值追求。《蓄势待发：成为更好的自己》是周亿女士的创业心语，我相信读懂她的书，能让更多的青年人知道，不经风雨，怎见彩虹，道阻且长，行则将至，行而不辍，未来可期。

—— 温和瑞

江西理工大学教授

△ 推荐语·三

外表文静柔情，内心强大上进，"蓄势待发"定能扬帆远航！

——廖泽方

江西省律师行业党委副书记

‖ 目 录 ‖
CONTENTS

01.

第一章 认清自己 与之和解

蓄势待发

成为更好的自己

她是一个什么样的人

每个人的视角都会有盲区，会有看不到的角度，有时候不是你觉得你是一个什么样的人你就是什么样的人，而别人眼中的你才是你呈现出来的真实样子。

之前做抖音账号，在拍摄素材和做人设定位的时候，从不同的人口中知道了"她是一个什么样的人"。

"你觉得周亿是一个什么样的人"

张祯说："她是一个很有责任感，言必信、行必果的人，只要她答应过的事就一定会做到、做好。

"她给了我上台演讲的机会，那晚她一遍又一遍帮我打磨演讲稿，一直到凌晨3点多。哪怕我最后有失误，她还是鼓励我：'如果第一次就已经完美，那以后也没有成长空间了。留有余地，慢慢修炼……'"

"你觉得周亿是一个什么样的人"

王董说："她是一个非常有想法，并且懂得坚持的人。我知道这几年她遇到过很多人向她伸出橄榄枝，但5年了，她依然还在这里，她懂得取舍和判断……"

"你觉得周亿是一个什么样的人"

May说："她是一个在工作上有目标感和自律到极致的人，例如，她明天要上台，今晚可能会通宵练习到自己有把握为止；同时她又是一个很幸福的人，在生活中基本不能自理，又懂得示弱，身边的人就会自然地照顾她……"

每个人的眼中，都有不一样的我，人都会有多面性，不同的人面前，会呈现不同的状态。

如果问我："你觉得自己是一个什么样的人？"我会说："我是一个坚持做自己的人。"

认识自己，提升自己

昨天表姐给我打了1小时电话，精细解读了我的PDP报告，她说："大部分企业里，管理和销售业绩好的人，90%的属性都是'老虎+孔雀'，说明有这两种性格特质的人比较容易把这项事业做成功，以后我们可以通过这份报告来确定重点培养的人才。"

我比较特殊，精确测试下来，我是"单一老虎"，支配型，目标感、行动力、开拓力和规划力都很强，如果想打破目前这个角色的障碍，必须训练孔雀特质。我的天生本我显示，我是一个低表达者，沟通是我的弱项，所以在别人眼里，我是一个只关注事但不关注人的人，缺少温度和人情味。

有时候认识自己，就会理解很多事情。比如，同样遇到低表达者，我不问、他不说，就变成了距离。一些渐行渐远的人，一定是本我特质中缺少互补的那个部分。

我试图在我身边和团队中搭建孔雀特质的高表达者，原本以为这是很好的互补优势的方式，但是慢慢发现，一旦你需要别人持续主动的时候，就是一种变相的索取，也会让自己更加被动。

"你学演讲是好事，说明你开始有意识地在对冲自己本我的弱项，但本我太难改变，你要持续刻意练习。"表姐挂电话前跟我说了一段话。

人，才是世界的主体，先关注人，才能把事做好。每一类人，都有他的迷人之处，也有需要提升之处。

认识自己，仿佛看到一束光穿透云层，豁然开朗。

生命的状态

一个人的经历会决定生命状态，而状态是通过外在最好的呈现。日本文学家大宅壮一说："一个人的脸就是你人生的履历表。"

参加过一个特别的课程，现场很多学员都是为他而来，那就是大家口中的"不老男神"林志颖。当他神秘降临现场的时候，全场最大的感慨就是——看起来太年轻了！听完他的整个分享以及他开挂的人生经历，可以看出如此美好的生命状态背后，藏着的是他的人生经历沉淀和对自己的高要求。

他有很多标签，歌手、演员、老板、赛车手、梦想家、超级奶爸……一个人需要平衡这么多角色并且做好每一件事，不是那么简单的，就像他说的："成功在于用心去做好每一件事情。"

他的分享中我印象最深刻的就是他对待事情的状态和心态。用什么样的心态去过每一天就能把每一天过成什么样，如果每天都想到自己接下来一天工作排得很满很辛苦，可能工作起来就会压力很大；如果用积极的态度从小的细节开始调整自己的状态，那事情可能就会向好的方面发展。

　　说到这里，想起一个小故事：有一位手艺人技艺精湛，但他的爱好就是雕刻妖魔鬼怪。突然有一天他觉得自己变得越来越丑，神情和神态已经不是自己喜欢的样子了，为此他很苦恼。于是他向大师求助，大师说："我可以帮你，但你要先帮我雕刻出100尊佛像。"

　　手艺人答应了，并且开始每天研究佛的容貌和神态，100尊佛像雕刻完的那一天，他找到大师，说："大师，我已经完成了，现在你可以帮我了吧！"大师拿出一面镜子，说："你自己已经把自己治好了。"

　　当你每天看到的都是美好时，你就会趋向于美好的样子。

美，是回来做自己

经常听到蒋勋先生的这句话，因为我有一个团队里全是美学顾问，在她们群里看到大家对这句话深深着迷，甚至把它当成一种"行业信仰"。

之前对蒋勋先生的印象停留在文学家和画家，阅读过他的散文诗。曾经在网上看到过关于他的文学作品的争议。后来看完他的专访，就会明白他不是纯粹的教条学术主义。"术"强调的是技法，而他追求的更多是知觉和感受。

有一天他在大学教艺术欣赏课，讲完交响曲和协奏曲的不同，当他放出贝多芬第九交响曲的时候，大家都在抄笔记，因为大家知道这是要考试的内容，只有一位男生听完后泪流满面，跑出教室。这时蒋勋先生就想："我是否敢给他打100分？"

当看到一个人真正对美有触动和感受，他却不敢打100分，他觉得对不起自己教的所谓美。他认为美不等于美学，美学有限，美无边。

美是先找到自己

2020年在一次演讲中，我的演讲内容有一部分是关于"生命之美"，讲了我自己每一个时期对美的理解，由浅入深最后回归价值，收到很多学员反馈说这个部分听完让她们毛孔张开，甚至有一位同学告诉我听到这里她莫名地哭了。

以前做的沙龙有一个冥想环节，滴上精油、调暗灯光、打开冥想音乐、配上冥想词："微微扬起你的嘴角，保持微笑，想象你最美好的时光，第一次心跳的感觉，第一次牵起爱人的手，第一次拥抱的温暖……"这个环节经常让来宾泪流满面。

蒋勋先生课堂上的男生，也许并不了解交响乐是什么，但是音乐的情境一定触动到他的情绪；听我演讲的同学也许不清楚美到底是什么，但其中的语境一定共情了她的内心；沙龙的来宾并非被音乐或是冥想词感动，而是其中的某一句话带出了她的回忆……

美无法被定义，最美莫过于情到深处的真心流露，找到自己。

而后做自己

"韦奇定理"告诉我们：即便你已经有主见，当身边有10个人与你意见相反，你就会很容易动摇。

乔布斯说："不要让别人的观点淹没了你内心的声音。"他不在乎别人"嘲笑"他要改变世界的梦想，而是通过做自己的方式进行有力的回击。

半夜在安慰一位哭得稀里哗啦的朋友，她说："我很讨厌我自己，每次遇到问题就妥协，因为我太在意别人的看法。"

我说："你不是在意别人的看法，而是太在意自己，而在意自己最好的方式就是做自己。"我们要忠于自己的成长，忠于自己走过的路，是这些，最终拼凑成独一无二的"我"。当感知到自己渐行渐远时，把他拉回来，做自己。

我们总是高估自己

在事与愿违的时候，我们总是用"我以为……"来表示自己对这件事情的思考，但这句话带出来的往往是"伪思考"。

我们总是高估自己的掌控力。

"我以为我可以掌控自己"，这是大多数人的心声。但事实上我们往往低估了人性本能里的劣根性，例如，懒惰、拖延……

之前分享过每个人的大脑里都有两个系统，一是感性系统，二是理性系统，我们习惯用的是感性系统，缺乏理性分析和理性对待。

我们总是以为……而事实上是……

我们总是高估自己的特殊性。

人们常常把特殊性等同于竞争力，我以为只有我能做到、我以为我先想到、我以为只有我有……这些心理活动就是高估自己特殊性的典型思维模式。

高估自己是人的心理本能。看过这样一个调查，调查问开车的人认为自己的水平排在全世界百分之多少，结果发现70%的人都认为自己排在前50%，这两个矛盾的数据就很好地体现了人们高估自己的心理，这在心理学上叫"近在咫尺的胜利"。

我们容易高估自己的分量和价值。

有一个小孩儿，他为了想要知道自己在家人心中的分量，故意在吃饭的时候藏进家里的柜子里，想要大家想起后找他。然而，一家人愉快地吃完饭，竟然没有一个人想起来要找他。

虽然是个小故事，但现实中人们又何尝不是如此呢？总是高估自己在别人心中的分量，然后一遍遍证明，最后一次次失望。

对于很多事情，我们喜欢对它的结果做出预判和假设，而最后如何行动和行动结果往往会有很大偏差，这也是人们经常陷入痛苦的原因。

《老友记》里的菲比，她一直认为自己是不可或缺的人物，常常让自己忙到只剩抽根烟的时间，从来不敢让自己休息，她认为自己如果休息的话，地球就没法儿转了。

后来她意外发现自己得了心脏病住院，她特别焦虑，认为公司没了她一定一团糟，她从医院偷偷跑回公司，发现一切照常运转，而自己已经被开除了。

我们一直在追求所谓不可替代，但没有人可以真正做到不可替代，我们想象自己的价值往往会高过真实价值。

我们无须高估自己，也不必低估自己，保持自知的能力和理性的判断。

不高不低，方可不卑不亢。

身心合一

人的"身"和"心"中间有一个屏障叫作"意识"，经过意识转化后的心理活动在外在表现上会发生变化。就像一张白纸经过"意识"这个打印机"打印"后，它上面会呈现很多叫作"主观"的东西。

《身心合一的奇迹力量》这本书中讲道：人生的每一次比赛，其实都有两场。一场外在的，一场内在的。外在比赛比的是技术，但内在比赛，则是人内心的较量。

每次比赛，我们基本都是为外在比赛做积极的准备而忽视了内在比赛。很多道理我们知道却做不到、很多东西我们想要却不行动、很多时候我们太想赢得比赛却输给自己……

放下胜负心，回归平常心

还记得在线下课程的时候听过一位主持人的故事：作为拥有几年主持经验的她，有一次参加比赛的时候，在现场竟然发不出声，她因此备受打击，以为自己真的不行了。后来她才明白，她会有这样的表现是因为她太想赢了。

大部分想赢的背后是把输赢上升到了尊重和爱。赢了，别人就会关注我、尊重我、爱我……

墨菲定律告诉我们：越害怕出错越容易出错。这不是一个神奇的魔咒，而是当我们越想得到时，所有的意识焦点都在结果和外在上，这时意识会干扰行动，无法达到身心合一。

享受每一个"忘我"时刻

樊登老师说他讲课的时候有时忘记自己原本要讲的内容，因为讲着讲着就"忘我"了，但讲完之后台下反响特别好。真正在台上可以讲到"忘我"的境界，就达到了身心合一。

下次讲的时候他就会特别想记住上次"忘我"的感觉，但当想的那一刻，意识的出现又把身心隔断了，所以他感觉自己的演讲经常会一场好、一场不好，尽管别人感受不到，但他自己能感受到内在的自我比赛。

"忘我"的时刻可以享受，但不能贪恋。我们要保持警醒让自己从上一次事件中及时跳出来才能全然把自己交付给下一次事件。

让内心的"两个自己"和解

每个人的内心都住着两个自己，一个元帅名叫野心，一个将军名叫能力，元帅负责下达指令，将军负责执行指令。

现实中元帅通常是完美主义、急性子、胸怀大志，将军则安于现状、拖延症、得过且过……

当将军无法完成元帅下达的指令，就会呈现"身心分离"，也就是我们经常说的"能力配不上野心"。

就像我一个朋友，她经常说："我很羡慕××业绩那么好，她是怎么做到的?"当我把所有方法告诉她之后，她说："有一天我也会这么厉害的!"一个月两个月过去了，依然没有看到她的行动。所以她永远会处在内在两个自己打架的痛苦中。

与自己和解，要么能力跟上野心，要么野心妥协能力，要么找到两者的平衡点。

身心合一，而后知行合一。

越真实，越快乐

我们活在这个世界上，不可能是一座孤岛，每个人都需要与人相处、与社会相融，而面对不确定性，人们会不自觉地给自己裹上一层厚厚的铠甲。

"真实"，原本如此简单的事情，变得神秘而稀缺。

这个社会就像是一个大舞台，每个人都在扮演着不同的角色。有时你以为所见即事实，其实你只是进入了别人的剧本，而别人又何尝不是你的局中人。

害怕失去的时候，才会活得小心翼翼。

昨天晚上课程结束后，老板请大家宵夜，我跟他说："我不想去。"他问："为什么不想去呢？"换作以前的我会找借口，例如，"我约了客户"或"我提前安排了别的重要的事情"等，但昨天我回答他的是："我不是很喜欢一群人的聚会，我今天想要自己安静一下。"原本以为他会不开心，没想到他说："看到你可以真实地表达自己，开始卸下包袱，不再只是考虑别人的情绪，替你开心。"

当我们总是为了照顾别人的情绪而失去自我的时候，底层的情绪是有牺牲感的，人一旦拥有牺牲感，就会有所期待。

你大可不必假装不在乎。

人啊，有时候越表现得不在乎，说明越在乎。

今天我发出了人生中第一条催账的信息，虽然要回来的钱只有一点点，但对我来说收获的是一次突破自己的成就感。

记得2020年这位朋友问我借钱的时候，由于她有借钱不还的前车之鉴，我内心非常不想借给她，但那时候的我还不会拒绝，于是心不甘情不愿地借给了她，她说："元旦前一定还你……"9个月过去了，她只字不提，好像从没发生过借钱的事情，最近助理几次提醒我还有这笔账，我今天思考再三最后给她发了一条催账信息。

在我看来，一个人的承诺比借钱这件事情更重要。

"讨人喜欢"还是"受人喜欢"？

常常有人问，要怎样做个讨人喜欢的人？

"讨"这个字本身就处于下风，刻意讨别人喜欢这件事本身就不讨人喜欢。比起做一个讨人喜欢的人，我更建议大家做一个受人喜欢的人。

主动和被动本身就有本质的区别。受人喜欢的人有清晰的认知，对想要的东西没有不切实际的期待，他知道自己有充分的选择权，少了谁都不影响。但他依然发自内心地尊重每一个人，真诚地沟通，以利他之心给人方便。

做自己，越真实，越快乐。

比合群更难的是独处

　　这个时代，大家都在鼓吹社交能力的重要性，仿佛不会社交就注定是失败者，却忽视了独处更是一种能力。

　　还记得第五季《奇葩说》的辩题：我不合群，要不要改？

　　颜如晶说："不合群的人只是表面孤独，但是如果我合群了，我就是真的孤独。"

　　现在的社交工具越来越多，微信动不动就几千好友，翻通讯录的时候，你会发现好像每个人都认识，但又每个人都不熟悉。人类学家罗宾·邓巴曾提出：人类拥有稳定社交好友的上限是150人。也许我们在各种社交工具上会拥有很多"好友"，可一旦走入现实生活，我们最多只能维持150人左右的圈子，这里是指至少一年联系一次的那种关系。

　　身处高光，你可能要合群；但身处低谷，一定要学会独处。

　　人的一生，高光时刻毕竟是少数，大部分时间我们需要面对的是自己。

最近我一直在半独处的状态，尽量不社交，尽量减少工作，尽量有更多的时间与自己相处和对话，原本状态濒临低谷的我又快要被自己治愈了。

一个朋友说她下个月要去闭关一个月，因为有些情绪她走不出来。她对我说："我真的很羡慕你的心态和状态。"而我想说的是：我也有无数次想消失不见的时候，但最终责任战胜了想逃避的自我。

独处是一个人快速成长的方式。

不管怎样，从喧嚣复杂中抽离出来，你才有机会面对真实的自己。

就像那位朋友，她说："我现在的状态做什么都不可能有结果，就像一根橡皮筋随时要崩断的感觉。"

人心的空间是有限的，当不断往里填一些东西的时候，你也堵住了自己内心的出路。定期清空，才会有新的事物进来。

很多人通过不同的方式，蜕变出一个新的自己，不问世事，看似在浪费时间，实则是最快的成长。

把时间拉回到自己身上，放弃无效社交，你的时间才能升值。就像作家李小墨说的："能力是1，人脉是后面的0，没有这个1，后面再多0也没有意义。"

自知、自省、自洽、自愈。

所谓自知，就是让自己真正认识自己。

所谓自省，就是自我反省哪里可以做得更好。

所谓自洽，就是从情绪的矛盾冲突中抽离。

所谓自愈，就是与自己和解。

我身边那些真正的朋友，知道我状态不好时不闻不问，也不会安慰我，更不会打扰我。因为他知道，安慰只是帮助你去复习了一遍坏情绪，除此之外别无意义，真正帮你走出黑暗隧道的，是自己。

愿每一次的自我独处，是放下。

愿每一次的灵魂出走，即归来。

我很固执，我要改变吗

跟一个朋友吃饭，突然他问我："你觉得我身上最需要提升的点是什么?"

我说："固执。"

他说："我也认为是，我自己也意识到了，但如果改变，我担心失去自我。"

我："自我有那么重要吗?"

固执分为两种：一种是知道自己固执，一种是不知道自己固执。

知道的用一句话来概括就是：我什么都知道，但我就是不改。所以它对应的是自私。不知道的是活在井底里，总以为自己看到的就是整片天。所以它对应的是无知。

固执的底层是：自私、低认知水平。自私是人性的自带属性。很多人看似在思考，实际上他们只是在重新整理自己的偏见。

自私的人很难认同别人，因为他们永远认为自己是最好的。而认知水平，跟一个人的见识、经历以及他所处的环境有关。

有这样一个故事，孔子的学生在外面扫地，一个人问他："一年有几季？"孔子的学生说："一年有四季。"那个人说："不对，一年有三季。"他们争执不下，就到孔子面前，学生以为自己赢了，没想到孔子说："一年有三季。"等那个人走后，学生问孔子："老师，为什么你会说一年只有三季呢？"孔子说："你没看到那个人是绿色的吗？他是一只蚂蚱，春天生秋天死，没有见过冬天。"

当一个人的认知就达到那个水准的时候，是没有任何道理可以说服的。

苏格拉底曾经说过：我唯一知道的就是我一无所知。一个人知道得越少，越会走向固执。一个人知道得越多，越会觉得自己无知。

思维的固化，决定行为的固执。

朋友问我："你为什么会认为我固执？"我说："因为每次跟你分享新事物的时候，你的第一反应一定是否认。"

固执者的思维里受固化思维的影响，面对新事物时，内心会不安和恐惧，所以把自己限制在狭小的过往思维模式里。

所有行为的固执，都是来自思维的固化。

"我很固执，我要改变吗？"

我们不需要也没有办法去改变任何人，在固执里也不会被人改变，而这个世界上任何事情都有第三选择，所谓第三选择，就是两个极端间的平衡。

做出第三选择首先要有意识地放下自我，跳出自我设限的怪圈。很多人认为：改变就会失去自我，但其实我们真正懂得什么不变、什么该变的时候，才能和这个世界和谐相处。

认识、接纳、和解，是每个人内心与自己对话的过程，而行动才是让自己变得越来越好的方式。

留住该留住的，改变该改变的。

拥有配得感，才是真正得到

"配得感"就是一个人内心对自己可以拥有什么的一种资格认定。在大部分人的人生中，有时都会产生一种匮乏的感觉叫"不配得感"。

没有配得感的时候通常表现出不自信、故意掩饰、假装不在乎、本能性逃跑……没有配得感不一定是真正配不上，在你看来一个已经很成功什么都拥有的人，他的配得感也有可能很低。

没有配得感通常体现在：不敢被爱——情感上没有配得感，不敢拥有高品质的物件——物质上没有配得感，获得成功却并不享受成功——精神上没有配得感。

关于情感的配得感

有一次，几个单身的朋友在聊天，有人问："如果有一位男生，大学刚毕业，长得很帅，超体贴，也很有才华，总之所有条件都很好，但就是月薪只有5000元，你会跟他在一起吗？"

其中有一个女生条件非常好，但她的答案让我太诧异了，她说："当然会啊，这么好的条件能看上我，钱不钱都无所谓了……"

她的内心独白都是："我不配。"其他几个人也应和着，这时她们问我："你呢？你一直说你不在意对方的钱，那这个男生符合你的条件吗？"

我说："首先，这种事情不是看条件，而是看缘分；其次，大学刚毕业的人不在我的考虑范围内；最后，他如果月薪5000元，不是能力有问题，就是这个假设不成立，我不在意对方的钱，但我在意对方的赚钱能力。"

我说完之后瞬间安静，我知道她们不反驳是给我台阶，但在那一刻她们的内心肯定有无数个"你配吗"。

我身边很多人，在感情上都喜欢找一个差自己很多的人，因为在比自己强的人面前，他们没有配得感，但其实，他们真的很优秀。

而我的唯一标准就是：他一定是一个值得我崇拜的人。

关于物质的配得感

我妈妈9个兄弟姐妹，从小过着苦日子，一件衣服都是姐姐穿完再给妹妹穿，我妈说："轮到我穿的时候，衣服通常都打了补丁了。"

从小我妈就爱给我买新衣服，我现在终于明白了，她是想把她小时候留下的遗憾在我身上实现。但她自己，始终不会买很贵的衣服。

所以我每次给她送衣服，都不会告诉她价格。有一次我给她买了一件很贵的衣服，我交代售货员把小票和吊牌取掉后寄给她，没想到对方竟然忘了……

我妈妈收到后把我好好说了一顿，最后她说："我穿这么贵的衣服简直太浪费了！"

我说："妈，我买多贵的东西你都不会说浪费，为什么到你自己就说是浪费呢？在我看来，你本值得。"

我妈妈的伟大在于，她把物质的配得感都给了我。

关于精神的配得感

我承认在感情和物质上，我都有很强的配得感，而在精神上，配得感的缺失经常让我很痛苦。

我在受到夸赞的时候，第一秒是开心，回归理性后马上就会觉得很难受，总觉得自己并没有做到别人夸赞的样子。

例如，在赣州举办晋杭老师的签书会，当我刻意安排自己在第二排的位置被别人换到第一排C位的时候，整场签书会我都觉得很尴尬。

其实按照以往公司的会务安排，也会把主办方安排在第一排的那个位置，被动的时候我会把它当成活动需要来转移我的不配得感，但当自己主动的时刻，我一定是放弃的……

很多时候，我会习惯性地闪躲和远离各种机会，因为内心总有一种"不配得感"，并且会安慰自己说："这个不重要""我不在意这些"……

有时候我们看似拥有很多，但内心有不配得感的时候，从来都没有真正得到过。

优秀，由谁来证明

一个人的优秀，应该由谁来证明？

别人、圈子还是自己？这是3个层次。

第一个层次：活在别人的评价里。

叔本华说："人性一个最特别的弱点是，在意别人如何看待自己。"

曾经我的那些所谓"追求完美"和"不敢拒绝"，都是因为太在意别人的眼光。当一个人自己没有那么确定的时候，总是企图通过别人的评价来肯定和证明自己。

别人问我借钱，哪怕我不想借，我也会想不借的话别人会不会觉得我是一个小气的人；受邀参加一些活动，哪怕我不想去，我也会想不去的话别人会不会觉得我是一个扫兴的人。

最终的结果只有一个，那就是：妥协。

我甚至都没有活在别人的评价里，而是活在我想象中的别人的评价里。

把自己的价值，交到别人的手上，必定会让自己纠结和痛苦。

世界上就是有人讨厌香菜，不喜欢奶茶，不爱喝汽水，觉得玩游戏很无聊。有人不喜欢你，是很正常的事，并不是因为你不好。因为，对讨厌香菜的人而言，优秀的香菜和差劲的香菜都是一样的。

第二个层次：活在客观的环境里。

前几年，我遇到一个我真心觉得她很优秀的人，我就夸她："你真的很优秀，我要多向你学习。"

她说："我这么普通，你就别取笑我了。"

我当时就在想，我这么真诚地夸她，为什么她会认为我是在取笑她呢？

后来通过朋友才了解到，在她的圈子里，其实她很不自信，永远是躲在角落里的那个人。

那一刻，我明白了：有一种优秀，是由圈子定义的。没有一个人是绝对意义上的成功和优秀，中国首富在世界首富的圈子里，也不会觉得自己是富有的；世界首富在财富之外的圈子里，也不会觉得自己是最成功的。

一个人再优秀，也不是绝对的优秀；一个人再普通，也不影响他在属于他的圈子里发光啊！

第三个层次：活在生命的意义里。

我们一无所有地来到这个世界上，也一无所有地离开。那些拼尽一生换来的财富、荣誉、地位，都无法带走，能带走的，唯有内心的感受和回忆。

曾经，我总是会天然地鄙视那些不上进的人，看到他们日复一日年复一年没有目标地生活着，我都替他们着急。

但我忘记了，谁规定像我们这样的人生才是对的呢？奋斗之后的成就感是一种感受，安逸之下的喜悦感也是一种感受，没有绝对的对错好坏。

人生本无标准，任何一种活法，都有自己选择的自由。与其取悦别人，不如快乐自己，活出自己生命的意义。

02.

第二章 确定目标 勇往向前

蓄势待发

成为更好的自己

梦想重要吗

很多时候、很多事情，先想才会有，但大部分人总是认为自己有了什么，才能去想。

根据现有条件去设立目标是多数人的思维模式，例如，我有钱了，才能赚钱；我有时间了，才能创业；我有演讲天赋，才能当讲师……这叫作先看见，后相信。但这个世界永远都有二八法则，就是有少数人，他们会选择不同的思维方式，先相信，后看见。

梦想重要吗

有人会说谈梦想很虚，也有人称之为鸡汤，但没有梦想的人生根本不值得过。

齐丽格教授说：如果仔细环顾我们周围那些真正创新的企业，他们都是从疯狂的想法开始的。如果你愿意承担一些风险，并心怀感激之情，正视各种看起来疯狂的想法，你就会有更大胜算去捕捉幸运之风。

马斯克从重新定义了汽车到把宇航员送上太空，这些看起来根本就不可能实现的奇迹，都被他实现了……

他们并非天才，只是他们拥有梦想，并创造一切条件和可能去实现它。

不敢想的人，并非不想

不想的人并非真的不想，更大原因是害怕失败强迫自己不想。

前两天深夜还在和朋友讨论这个话题，原本我们性格非常相似，就是不能忍受自己犯错和失败的那种类型，但很巧的是，我俩在一些事情上都挺失败的。不同的是，她在经历一些事情后从结果论者变成把过程放在首位。

我是一个典型的超理性结果论者，我经常说的一句话就是：没有结果的事情，为什么要浪费时间？

她说："这个世界上哪有那么多100％有把握的事情，当你确定了，也许这件事情就和你无关了。"

守护心动，因为它是一切力量的根源。对人、对事都是如此。

人生最难的，就是修好通往梦想的路

鼓励大家有梦想并非空想，而是修好通往梦想的那条路。在这个过程中，创造力和执行力是最重要的。

世上本没有路，你开始走了，就形成了路。

这便是创造。

而执行力是什么？

就像我曾经分享的：执行力，不仅是一个人能力的信任凭证，还是一个人通往更高目标的固定门票。没有执行力，纵使目标再绚

烂，也只是云中迷雾，迟早会散去。执行力就是揭开迷雾，手握果实。

　　想要什么，不是想了就有，而是去创造、去行动，梦想才会开花。

目　标

有目标的人，人生就像航海；没目标的人，人生就像漂流。

你是属于哪一类人呢？

27％，一生没有目标；

60％，偶尔有目标；

10％，人生的每个阶段都有目标；

3％，长期且稳定的目标。

这组数据我相信很多人都看过，并且大家可以看到偶尔有目标的人是最大的占比，这就说明，有目标并不难，难的是持续拥有目标。

看到这组数据的时候我一直在对照自己，我是哪一种？我应该属于10%到3%之间的过渡，目标感明确是我自认为比较明显的标签之一。

什么才是真正的目标？

想法vs目标

"我想要一年赚1亿元""我想要成为一名演说家""我想要拥有

一家上市企业"……这是目标吗？显然不是的，这只能算是想法。

任务vs目标

如果一位新入行的人，主管告诉她必须3个月内晋升一级，这是目标吗？显然不是，这只能算是任务。

想法和任务都不等同于目标，目标包含目的和标准，所谓目的，就是想要达成的结果；所谓标准，就是需要参照和可衡量。

所以有效目标应该是：第一，内心主动渴望的；第二，可量化的；第三，具有挑战性的；第四，可实现的；第五，有具体计划的。

例如，上面的例子改成有效目标：我想要在3个月内，培养不少于100人的团队，至少达到270万元业绩，晋升总经销，达成这个目标，我要通过以下步骤和方式……

最后，如果可以加上承诺和惩罚，目标会更容易达成。

完成目标的阻碍

很多人都有制定目标的习惯，但只有少部分人可以真正达成目标，因为在实现的路上有太多的绊脚石。

第一，不笃定。

比如说，你设定了一个目标，但是没有真正思考过，你有多想实现这个目标。

你愿意为此付出多少时间、多少成本？当实现目标需要你付出一些代价和资源的时候，也许你就犹豫或迟疑了，所以很多人的目标不能够实现，是因为不想付出代价。

第二，不明确。

你想要实现的这个目标，必须把它细化到最小的单元，明确目标之后才能拆解目标，比如每天你要做什么？每周你要做哪些计划？每个月你要定哪些小目标？

第三，不公开。

很多人定好目标之后只有自己知道，当没有完成的时候就安慰自己"没关系，反正没人知道"，一旦你愿意公开自己的目标，就一定会全力以赴地完成。

第四，不持续。

3分钟热度大有人在，这是人的本能，我们经常去刻意做一些练习反本能，并且在完成目标的过程当中做好PDCA循环，不断去修正我们的行动方案，最终达到我们既定的目标。

第五，不探底。

探底是什么意思呢？就是我们没有把实现这个目标过程当中会遇到的风险以及自己的能力去做深度的评估和挖掘，你对目标完全未知，只能靠运气"赌"。

以上就是阻碍我们目标实现的障碍。

在一个崇高的目标系统下，持续努力，即使慢，也一定会获得成功。

最重要的事只有一件

在我们的概念里，人生中有太多重要的事，成功很重要、财富很重要、家庭很重要、享受很重要……这么多重要的事，我要如何去平衡呢？我想，这是让很多人头疼的一件事。

在《最重要的事只有一件》这本书当中，有一个观点让我感触非常深，里面提道：完成重要的事，就像是推倒第一块多米诺骨牌，接下去的事会迎刃而解。

每一块骨牌看似很小，但只要第一块倒了，剩下的就跟着全倒了。事实上，我们遇到的那些看似重要的事都是有关联的，只要你找到它们的连接点和第一块骨牌，就能撬动世界。

第一块骨牌就是那件最重要的事。我们只需花20%的时间和精力，做那件最重要的事，也许就能收获80%的回报。

如何去定义"一件事"？

1万个人看同一篇文章会有1万种见解，对同一件事会有1万种定义。

晚上收到一位在我演讲群里打卡了15天的朋友发给我的信息：

"我能不能申请暂停打卡一个月？我现在刚开始直播会很忙，我没有办法兼顾几件事情，等我稳定了一个月后再继续。"

我说："一个月后你还会有别的事情要忙，因为你觉得打卡这件事情不重要，就会觉得它占了你的时间，不是打卡这件事的问题，是你的时间管理问题。你会放弃打卡，将来也会放弃别的。"

在她看来，直播是她现在最重要的事，打卡并不重要，并且会影响她直播。那如果从另一个维度去看待打卡这件事呢？把打卡不只是当成打卡，而是当作"坚持"或当成"习惯"呢，还会放弃吗？

丢掉坚持，我想做任何事情都不会长久。

不把"最重要的事只有一件"当成偷懒的借口。

其实这种案例经常遇到，例如，因为我要照顾家庭所以兼顾不了事业；因为我在见客户所以开会迟到；因为我要赚钱所以腾不出手来拥抱你……"因为"这个词一旦出现，便带出来一半理由和一半借口。

如果一个人习惯把所有的事情都放在冲突面，那她永远都找不到多米诺骨牌之间隐形的连接点。多米诺骨牌的神奇之处在于看似无关的每一块牌，只要倒下一块之后便会层层推动。

好的观点只有把它悟透和用对才是真理。

列举两种常见的把"最重要的事只有一件"当借口的人。

第一种：习惯性放弃的人。

生活中习惯放弃的人看到这个观点的时候，原本放弃时还有一点点遗憾顿时就自洽了。他心里会告诉自己："我太明智了，我们果真只能做好一件事情。"

第二种：不愿升维思考的人。

这类人看到再好的观点都有可能把它用坏，因为他看到的永远只是事物的表象。

不愿意升维思考的人就像看热闹的外行人，他永远看不懂内行人看到的门道。

大部分人都会被观点带偏，少部分人能把观点为己所用。

最重要的事并非只有你眼前看到的事。

很多人认为重要的事都在目光所及之处，事实并非如此。

就像习惯，看似微小，但日复一日之后终有一天可以逆转你的生命方向。

最重要的事在行动上是方法，在人生中是方向。

从目标到习惯再到价值

我们常常会说：越自律，越自由。

"自律"和"自由"，看似难以兼容的词，怎么会是正比关系呢？自律其实是一种延迟满足，为了将来的自由而克制当下。

自律近看是为了达成某个目标，远看是形成一种习惯，终极是追求价值。目标也可以看成割舍旧习惯和养成新习惯的媒介，而好习惯是通往人生价值的必经之路。

自律，先从拥有目标开始。

一个浑浑噩噩或得过且过的人他们真的安于现状吗？

不是的。每个人都会期待自己变得更好，而改变源于靠谱的目标、割舍旧习惯的决心和行动。

换句话说靠谱的目标一定要配上内在驱动力和外在行动力才不会变成空想。内在驱动力可以是成就感、自我要求、好奇心……而行动力一定要落实在某件事情上，这件事情不能遥不可及，而是要踮踮脚尖就能够着。

我们的目标可以分为：大目标、小目标和微目标。大目标是我们要达到的地方，小目标是努力的动力，微目标是每天一定能做到的事情。

从微目标开始训练，例如，当我们给自己定下一个月看10本书的计划，也许会很难完成，那索性先每天看3页，等到自己完全可以做到有强烈想增加的想法时再增加。

聚沙成塔，小目标终将汇聚成大力量。而在别人看不见的地方，小事都能做到自律的人也定可成大事。

把自律变成一种习惯，甚至是生活方式。

终极的自律是一种习惯，而所有习惯都不是天生的，都是在每天的重复动作中形成的规律。

前段时间我经常会想："为什么我的灵感也像有生物钟似的，一定要半夜才会出现？"而事实上，是因为我每天都是半夜才去做这件事情，大脑里就会形成记忆和时钟，让我感觉自己好像半夜才会有灵感。

包括每天写作的架构，似乎也形成了一种习惯。我一般写作中途不会查字数，都是通篇写完之后会检查一下，神奇地发现现在每天写作的字数都在同一个区间范围。

习惯一旦养成，就很难割舍，而我们自律的过程不就是不断割舍、不断精进吗？

我的女儿小魔仙，打卡满100天，每天晚上9点前交作业，零失误。

原本她跟我约定好到100天就结束，快满100天的时候我问她："你要不要继续坚持呀？"她开始很排斥，突然有一天她主动跟我说："我以后不打卡的话每天肯定会很不习惯，要不我坚持到300

天吧。"

打卡已经成了她生活中不可或缺的部分，晚上家人说带她去散步，她会说"我要打卡"；同学来家里玩，她的打卡闹钟响了，不管玩得多投入都会停下来打卡；带她去外面吃饭，到点了她会躲进洗手间打卡。

我相信到了300天之后，她会继续到500天、1000天……

好的习惯会让人上瘾，我们不是习惯了习惯，而是习惯了更好的自己。

高级的自律，是追求人生价值的实现。

自律的人，不仅可以改变自己，也将影响别人。当你的自律变成一种精神力量，那应该是自律创造出来的最大价值。

曾国藩习惯每天在日记中记录自己一天的过失，以此来警醒自己，一写就是几十年，和他写给家人的家书，一起形成了《曾国藩家训》，成为很多人信奉的行为准则。

科比走了，可是他的精神仍在，每个人都会记得他描述的凌晨4点的洛杉矶街道。自律把他的事业推向了巅峰，也把他留在了我们的心中。

山本耀司说："我从来不相信什么懒洋洋的自由，我向往的自由是通过勤奋和努力实现的更广阔的人生，那样的自由才是珍贵的、有价值的。"

心之所向，才会一往无前

2019年7月7日，抱着想提升自己演说能力的目的，我开始了演讲打卡，不知不觉已经坚持800多天了，所以想在此刻复盘一下我在这件事情上的收获。

坚持，本身就是一种价值。

打卡是人生中训练自己的一个工具，也是一个放大镜，如果这件事情可以坚持，那么其他事情也不会那么轻易放弃。

从刚开始决定做这件事，我身边有些朋友就说："你很闲吗？本来已经那么忙了，还不如把这些时间花在能创造价值的事情上。"

每个人对于价值的理解不同，有人认为能立刻变现的才叫价值，而我认为，坚持做一件事情，本身就是价值。

演讲，是影响力的超级杠杆。

这两年多通过演讲，收获的很多机会和认可，也让我更加确定了组合优势的重要性。

20小时的深度学习可以学会某一项技能，1万小时定律可以让你成为某个领域的专家，组合优势同样可以让一个人脱颖而出，当你的其他能力很难在同一水平线的人当中跳脱出来，搭配上演讲力就是绝杀。

之前我感觉自己的能力到达瓶颈，不管再怎么努力都很难提升到另一个台阶，而学习演讲就是我的另一条道路。

我在公司完成我的首场演讲课时，大家呼声很高，希望以后持续有演说力的课程，讲完后老板说："我再单独给你颁发一个聘书吧……"我也收到很多信息："这两天听的课程中，你的课对我来说是最大的收获。""同样几个人站在台上讲课，会演讲的和不会演讲的真的差别太大。"……

价值也许不会立刻变现，但冰山下积攒了足够的势能后一定会浮出水面。

热爱你所做的事情，你永远不会孤单。

纪伯伦的《先知》里有一句话，从工作里爱了生命，就是通彻了生命里最深的秘密。

不管做任何事情，热爱都是底层的动力。

这几年我也有无数次想放弃的时刻，但每当这种时刻出现，我都会让自己跳脱出来，用一个旁观者的视角问自己："你确定放弃后不会后悔吗？"但凡有一点迟疑，那就还有坚持的可能。

当内心真正有爱的时候，才会有不放弃它的理由，我努力让自己爱上打卡这件事情，享受它带给我的成长和成就，让它真正变成我生活中不可或缺的一部分。

从"老大"到"老师"。

从创业的第一天起，我给自己的定位就是创业导师，但由于社群的模式基因，团队的人喜欢把我们称作"老大"，我不太喜欢这个称呼，我会让大家直接叫我名字。

不知不觉，很多人开始叫我"周亿老师"，"老师"两个字，我无比敬畏，因为对我来说，我内心真正认可的人，才会称之为"老师"。

因为这两个字，承载的是你对别人的引导和影响。

心之所向，才会一往无前。

未来，是信念的世界

信念，可以理解为两个词，"信"和"念"。

什么是"信"？先相信，再看见。你信什么，就会看见什么，你就拥有什么样的世界观、人生观。

什么是"念"？念念不忘，必有回响。你在心里念叨些什么，你对什么有执念，就会去做什么。

在我看来，信念是从思维转化为行为的"最后一公里"。这个世界上大部分人都会有想法、有目标、有规划，但不是所有人都有信念。

最近看了很多关于马斯克的内容。

他15岁就写下人生愿望："我的使命是拯救人类。"他建造火箭，启动火星移民计划，并且称"2050年要把100万人带到火星"。他创立的特斯拉成为全球第一大车企，他成为世界首富……他还在不断刷新人类的想象并创造奇迹。

有人说："他是从火星来的吧！"言外之意是：一个人类怎么会

有那么伟大和辽阔的梦想。当我们连地球的事情都不敢想的时候，别人已经向宇宙进发了。

马斯克很喜欢一句话："向月亮进发吧，即便没有到达，你亦将置身于群星之中。"

他还有一句话："你说服别人最主要的不是去游说，而是你需要真的相信这件事情，并做到一个临界点让大家能看到希望。"

你信，别人才会因你而信。纵观那些具有典范意义去创造和改变世界的人，如乔布斯、马斯克……他们都有一种超乎凡人的信念。

敢信，也敢念

当我们把信念和愿景在脑海中描绘得越清晰，实现它的路径也就会越清晰，你的动力也会越强。

稻盛和夫就是这样创办了两家世界500强企业，并让日航起死回生。

能拼天赋的人太少了，能拼努力的人太多了，太少没有机会，太多没有竞争力。这时，我们可以试试看拼信念，尽管我们也许最终也无法成为改变世界的人，但我们每一个人都有机会成为自己人生中的王者。

经常听到有人跟我说："我总觉得你身上有一种靠谱的力量，感觉你做什么都能做好。"

这种力量，大概就是信念。我不会轻易做选择，但既然选择了，我就会尽力达到我自己的预期。

未来，是信念的世界。唯有笃定相信，才能看见，才能实现。

你的人生，如你所愿

人生可以设计吗？既然可以通过设计来做好产品，为什么不能通过设计拥有更好的人生呢？

我相信每个人脑袋里时常会跳出自己期待的人生的样子，但那种念想往往一闪而过，只因不够深刻。

你的人生会朝着你期待的方向走去。

有人追求安稳，有人渴望成就；有人享受挑战，有人害怕冒险。而你的人生方向，一定在朝你行动的那端走去。

限制思维的人也会限制自己的人生。

每个人身边明显有两种人：一种是任何事情都能看到好的方向，永远相信美好的事情即将发生的人；一种是任何事情总能看到不好的一面，永远相信美好的事情与我无关的人。

例如，我曾经合作燕窝品牌，一位朋友看到后说："现在经济不景气，哪有那么多有钱人天天吃燕窝……"

另一位朋友说："现在大家对健康越来越重视，特别是这种便捷式健康市场，我很看好……"

同样一种现象，两种截然相反的思维。你相信什么，什么便会靠近你；你质疑什么，什么就会远离你。

坚守初心，不如拥有选择。

我们经常听到关于"初心"一词，坚守初心是绝对正确吗？这个世界上没有绝对意义的绝对正确，每一个公式需要成立，必须知道前提条件。

传统认同的人生规划思路是：专注初心，不管事情怎么发展都不能改变。而人生设计的思路是：尽可能拥有选择权去应对千变万化，在暴风雨来临之前修好自己的避风港，永远把自己的路铺长一些。

初心需要在优势、擅长、热爱的领域，才会被放大和推动，不要让原本美好的可能成为你的限制。

当你的人生完全掌握在自己手上，才能按照自己的意愿过一生。

设计过的人生才不会后悔。

人生是一次性且限量版的珍稀资产，过一天就少一天。

人之所以会后悔，大部分原因不是因为计划赶不上变化，而是根本就没有计划。所谓计划，就是做最好的安排和最坏的打算，哪怕结果并不如意，但也如我所料。

如你所愿，是最好的祝福，也是最高的追求。

"鸡汤"都是鸡肉熬出来的

当我们听到"鸡汤"一词的时候，消极的人会自动关联"不切实际""心灵按摩"，积极的人会关联"励志""正能量"。

经常发一些所谓"鸡汤文案"的时候，往往都会有留言"借用""拿走"等，这些人有一部分是自己不愿意思考，只是单纯觉得你写得好。这类人拿走的是文字，拿不走的是灵魂。另一部分人看到会引起共鸣，因为她看到的不是鸡汤，而是感同身受——自己熬鸡汤的过程，明白每一滴精华都需要历经浓缩、加工、熬制。

只看到鸡汤的人跟只看到别人成功的人是一样的。看到比尔·盖茨31岁成为最年轻的亿万富翁，并且多年稳居首富宝座，有的人只是把它当成成功者的故事看，而当你看完他的纪录片中那种令人窒息的工作状态，你就会明白：财富永远是握在配得上它的人手上。

有人说："我也很努力在熬，怎么就熬不出美味的鸡汤呢？"

第一，"原材料"没选好。

源头不对，努力白费。

很多人在创业的时候做选择，方向一旦选错，不管怎么熬都不会有结果。就像你选了一块变质的鸡肉熬汤，不仅补不了营养，还有可能会喝坏身体。

很多成功的企业家，比如雷军等在演讲或接受采访时经常说自己靠"运气"成功、抓住了趋势、做对了选择。虽然我们都清楚他们肯定付出了超乎常人的努力，但试想一下，如果不是在这个时代下去做这件事，结果未必会是今天的结果。

所以，成功大多是在对的时机下做了对的事儿。

第二，火候没掌握好。

熬鸡汤需要掌握火候，就和我们需要掌握自己的生命节奏是一样的道理。我们要懂得什么时候该细火慢炖，什么时候该添柴加火。

所以当看到别人成功的时候，只要你还在努力，一定不要着急。别让任何人打乱你的生命节奏，没有谁领先，也没有谁落后，生命就是等待正确的行动时机。

成功不可能是一路快跑，掌握节奏，就掌握了生命的主动权。

第三，心境没摆好。

当你心境不对的时候，味蕾可能会失灵。

把一件事情当成"熬"，本身就是一种煎熬；把一件事情当成"修"，它就会变成一种修行。不同的人会赋予同一件事情不同的意义。

想要成为你的领域里20％的人，就要做80％的人做不到的事。等我们一切都修炼好，我相信每个人都可以品尝到人生中最美味而有营养的"鸡汤"。

人生目标要靠自律来实现

什么是自律？在我看来是对内的自控力。

"自律"，看似简单的两个字，却能塑造出千差万别的人生。"自律者出众，不自律者出局"。每个人都渴望成功，但不是每个人都能做到自律。自律，可以通过以下几方面来实现。

第一，与习惯对立。

就像小艺现在经常跟我说："我要让自己时刻处在不舒适的状态。"

这个世界上80%的人都在追求稳定，只有20%的人喜欢折腾。当我们习惯了每天做同样事情，慢慢地你会发现自己的人生失去了思考和创造力。如果运气好，也许就是重复地度过一生；如果运气不好，就会被瞬息万变的时代裹挟。

第二，拥有明确的目标。

目标，可以倒逼我们去做自己原本不愿意的事情。

我的PDP测试结果是单一老虎，高目标高行动力，没有孔雀的沟通和考拉的耐心。但很多人看不出来，他们会说："周亿很会演讲啊，也挺有耐心啊……"老师说："这些都是她的目标导向的，所以有目标的人可以做到任何她想做到的事情。"

第三，让自己活在未来。

很多事情，当下看似并无意义，当你把时间轴拉长来看，却是至关重要。

所以我们需要拥有一项"让自己活在未来"的能力。对现在正在做的事情专注，但同时也要思考未来，锻炼自己的多元化能力，把前路走长。

希望我们可以做一个自律的人。

做好最后1%

有一次在下载一个文件的时候，看着下载进度条，前面99%特别快，几秒钟就完成了，到了最后1%的时候，时间仿佛停了下来，进度条一动不动，3分钟过去了，我感觉像是过了3小时……

那一刻，我在想："会不会是卡住了，所以一动不动""放弃吧，重来会不会快一点""算了，再等等，不然前功尽弃"……

想到这里，我觉得像极了人生中的大部分时候，我们走了前面的99步，却走不过最后一步。

"行百里者半九十"

这是《战国策》里的一句话，意思就是要走100里的人，走到90里时才算走了一半。后面10里，你可能需要花费前面走90里的时间和力气。

例如，在一家企业里，新员工晋升到中层可能只需要两三年时间，而中层晋升到高层的时间至少成倍增长。

为什么呢？

首先，越往高处走，你要具备的能力越强。

基层需要的可能是基本技能，高层需要的是综合能力。你必须保持学习力和思考力，方可遇强则强。

其次，越往高处走，你的竞争对手越厉害。

基层基数大，所有人都是平分秋色，只需要一项技能比别人强就能脱颖而出；而高处的圈子，大家都很厉害，高手的竞争是没有枪林弹雨却弥漫硝烟的较量。

最后，越往高处走，你需要放下的越多。

就像爬山，如果你一开始背负太多，可能走到一半就会走不下去，中途需要把自己背负的东西丢掉，才有可能到达山顶。

"牛的人，都是善始善中善终的牛"

万事开头难、中间难、结尾难，每一个阶段，都有每一个阶段的难。

例如，创业，开始拼的是勇气和决心，中间拼的是业务和运营，后面拼的是心态和格局。我们无法去评判哪个阶段更重要，因为缺一不可。

从0到1是突破，从1到99是系统，从99到100是信念。

任何一个成功的人，都不可能只是哪一个阶段成功，而是时刻保持成功。

"尽人事，听天命"

虽然人生99%是由自己说了算，1%会有运气的成分，但我们也应该付出100%的用心和做好100%的准备。

今天表姐发了一条朋友圈，让我特别感动，她说："看到表妹公众承诺要写书，我的第一反应是，她一定会说到做到。从小到大，她一直是惜字如金的低表达者，所以我知道她成为今天的她付出了比别人更多的努力。作为一位专业主持人，在我眼里，现在的她已经不亚于很多主持人或讲师，她的绽放之路，在我心里就是一本精彩的书。"

　　一路走来，我一直告诉自己"尽人事，听天命"。我相信，当你足够努力，上天自有安排。

当下就是最好的时机

种一棵树，最好的时间是10年前，其次是现在。

看到关于IBM创始人托马斯·沃森的故事，有人问他："沃森先生，您认为究竟需要多长时间才能实现卓越呢？"

沃森回答："1分钟。只要你下定决心，永远不要有意识地做达不到卓越标准的事情即可！"

人们总是习惯说1句话："我还没准备好……"现实中，机会不会等你完全准备好了再出现。

蔡崇信说过："任何机会，基本上是有30%把握去做的时候才能赢得最大。因为概率太小很可能亏本，而有50%把握的时候，赢了基本也是小赢；而有80%把握去做的时候，基本就是红海了；如果等到100%把握的时候……世界上可能根本没有这种生意。"

不管是生意，还是其他机会。

我记得第一次上台演讲的时候，玥希老师跟我讲了很多次，我每次给她的答案都是没有准备好。有一天，她突然跟我说："你准备一下，明天中午上台……"我说："不行不行，我稿子都还没准备好。"她说："那你现在就准备，不管你有没有准备好，明天课堂上都会叫你的名字……"

我知道我已经没有办法再拒绝和逃避，于是我通宵把演讲稿写好，一夜没睡把稿子背下来，第二天硬着头皮来到现场，看到其他人也在背稿，我问她们："你们会紧张吗？"她们说："当然，我现在脑袋都是一片空白……"听到她们也跟我一样，我就放心了。

事实上，她们在台上讲得都很好，完全看不出紧张的样子。而我，也在那一次终于突破了自己，也因此有了后来的一场场演讲……

我们没有办法等待一件事情完美之后再去开始，只有先开始了，才有机会趋近完美。

因为，此刻就是最好的时机……

正如《洛克菲勒写给儿子的38封信》中，我很喜欢的一段话：

那些被动的人平庸一辈子，恰恰是因为他们一定要等到每一件事情都100％有利，万无一失以后才去做。

我们必须向生命妥协，相信手上的正是目前需要的机会，才会将自己挡在陷入行动前永远痴痴等待的泥沼之外。

我们追求完美，但是人类的事情没有一件绝对完美，只有接近完美。

等到所有条件都完美以后才去做，只能永远等下去，并将机会拱手让给他人。那些要等到所有事情都已经准备妥当才出发的人，将永远也离不开家。

要想变成"我现在就去做"的那种人，就是停止一切白日梦，时时想到现在，从现在就开始做。

诸如"明天""下星期""将来"之类的句子，跟"永远不可能做到"意义相同。

过好当下，就是未来

我曾在团队里给大家分享过很重要的一个点——"从纸上谈兵，到脚踏实地"。

我这几天在翻看主要核心年初交给我的目标规划表，尽管我们的业绩同比增长了62%，但大家的目标完成率不到50%。例如，一个月目标做4场活动的，可能一年只做了4场；例如，每个月目标纳新10位经销商的，一年也就纳新10位……如果这些目标全部达成，那大家的业绩完全有可能增长300%；还有个人成长方面，大家的目标基本都成了纸上谈兵，形同虚设。

后来我在思考，除了大家定目标的方式有问题，还有就是对未来想得太多，对当下做得太少。于是我把大家的目标规划表变成了行动指南表。

有梦想有规划固然是好事，但大部分人依然会仅仅停留在想，容易轻视当下迈出的一小步。但其实，每一个当下，都是过去的未来。真正理解了这句话，未来就不再是可以等等、想想、看看的，而是在一秒一秒流逝的。

例如，我今天计划在群里做分享，但其实最近我完全没有时间准备，按以前我的做事方式，绝对会改期拖延，甚至到临分享前一小时，我还在想："要不跟大家说改明天吧……"后来心里另一个声音开始会冒出来："明天也还会有明天。"于是用半小时做好PPT，整理思路后就把这件事情做完了。

这几天在跟新项目的创始人对接的时候，她多次跟我表达："我太喜欢你了，跟你合作太高效了。"那一刻我突然意识到，当我不再想着未来，而是一步步向前推进的时候，就是最好的结果。

不要认为小事就可以等，我们浪费的，其实是未来。

突然想起特蕾莎修女的故事，她从修道院出来的时候，在加尔各答开了临终者救护中心，当时正好遇上战争，又是各类疾病，当地官员问她："这里有百万患民，你救得过来吗？你救这一两个有什么用呢？"

特蕾莎修女说："哪里有百万？我只看到当下这一个人，我陪伴他，帮他擦擦身，陪他最后说说话……"

勿以善小而不为，善本无大小之分。

善良如此，未来如此，人生如此。

03.

第三章　死磕到底　预见自己

蓄势待发

成为更好的自己

所有的信手拈来，都是厚积薄发的沉淀

最近被追问最多的问题就是，你为什么文案写得那么好？有什么快速做到像你这样的捷径吗？在这个世界上，还真不是什么事情都有捷径可走。

关于写文案，首先，要有文字的积累，多看书，多看好的文案，并且多尝试自己创作；其次，要有语言的逻辑，你才知道文案中的每一句话怎么连接起来，让人看到会有逻辑感、画面感或者代入感；再次，需要营销的视角，因为文案最终的目的是让人看了之后产生购买的欲望也好，信任你跟你链接也好，总之就是能让别人看完发生共情；最后，就是要大量练习，我也是亲自写了7年的朋友圈文案才变成现在这样。

所以并非所有的事情都能一蹴而就，很多事情都是厚积薄发的沉淀。

看过《中国诗词大会》的人都知道，董卿诗词歌赋信手拈来，名著典故脱口而出。她的这些呈现一定是长期的积累和沉淀。

董卿曾说："假如我几天不读书，我会感觉像一个人几天不洗澡那样难受。"

即便工作再忙，董卿每天都会保证至少一小时的阅读时间。她说："读书让人学会思考，让人能够沉静下来，享受一种灵魂深处的愉悦。"

我们经常会看到一个人的成功，却忽视了他们努力的过程。所有的信手拈来都是厚积薄发的沉淀，深深扎根才能积蓄无限向上的力量。

意志力

每个人都有一家叫作"意志力"的银行，里面存着我们有限的意志力存款，当你做了一些需要巨大花销的事情，从银行里取出存款，没有及时存入，你会发现再做另一件需要意志力的事情就会捉襟见肘，甚至让自己"负债"。

意志力最大的敌人就是诱惑，因为抵制诱惑就是消耗意志力的过程。

每个人身边都有减肥失败的朋友，为什么减肥失败的概率会这么高？因为大部分的减肥都需要通过调整饮食习惯去抵制原有的放纵习惯，当有一天把你的意志力磨灭到寥寥无几的时候，你一定会安慰自己："不吃饱怎么有力气减肥呢！"

著名的棉花糖实验告诉我们，那些能够抵抗棉花糖诱惑的孩子，长大后各项能力都会更强。

这就是自律的主导性，当我们能够尝试用自我意识去对抗欲望和干扰，就是在磨炼我们的意志力。

意志力是稀缺资源，不要轻易消耗。

意志力是有限且守恒的，《自控力》的书中有一个观点："每个人的意志力都是有限的，我们每次都是从同一个地方提取意志力，在一个地方用的过多，其他地方能提取的就有限。"

前几天得知一个朋友得了肝癌，听到消息的时候真的不敢相信，当一件你以为会离你很远的事情突然来到你身边，你会发现是一场突如其来的不知所措。给他打电话的时候他重复叮嘱我一句话："千万不要再熬夜了，我很后悔没有安排好自己的工作时间。"

常年熬夜拼命工作的他让自己变成了一个加班的机器，他把所有意志力都耗在对抗工作上，在生活中已经没办法自律了。包括我也一样，我们需要管理的真的不是时间，而是自己，自己的行动、效率和精力分配。

但凡稀缺资源，都不要轻易耗费，应该把它花在值得且可持续的事情上。

当感知到自己的意志力不够用的时候，你需要做两件事情。

第一，判断最重要的事。

正常情况下，人们在一天中意志力最强的时间是在早上。很多人都会有的一种情绪，就是晚上想到什么都是生无可恋，因为一天的时间意志力已经被很多事情消耗完了，但是睡一觉起来又能满血复活。

所以我们需要提前规划好，把最重要和难度最强的事情放在早上去完成，会更加高效且容易坚持，并且尽量不要让一些不重要的事情来消耗我们的意志力。

第二，把训练当习惯。

每一个人身上都有多种能力，意志力就像是这些能力的助推器。

　　例如，每天写作，前100多天我的文章是一种框架，最近的文章又是另一种框架；前100多天文章字数基本在500，最近基本在1000字……我通过意志力把这些训练变成每天的习惯。

　　如果没有把训练当成习惯，可能没有人能够坚持下来，我们训练的过程也是把意志力存入银行的过程。

　　习惯会转化成意志力，意志力也会推动着习惯。

大部分成功，都是熬出来的

"熬"这个字大家会觉得有点丧，却是很多人的常态。生活本身就不是一蹴而就的瞬间，而是不断坚持的过程，在这个过程中会遇到无数难关，在最难的时候，你让自己再坚持一下，再坚持一下，那种感受就是"熬"。

熬过去就是春暖花开

由于一直在出差，所以尽管昨晚忙到很晚，我还是约了发型师做头发护理。聊天的时候他说："这个点儿我应该舒舒服服地躺在家里，那才是人生，有时候都不知道自己这么折腾是为了啥，做服务行业真的太难了……"

我说："每个人都有羡慕的人生，却不是自己想过的人生。"

你现在做的每一件事情，坚持的每一天，熬过的每一分钟，都一定有它的意义。

就像舞蹈训练，你在舞台上展示的每一分钟，都是台下一年或几年熬出来的，骨骼和肌肉需要一遍遍给它记忆。意志也需要如此。

我的脑海中经常会闪现放弃的念头，但每次又会鼓励自己再坚持看看，而一个又一个结果就在坚持和专注地坚持中产生了，一旦拥有结果，所有的"熬"都有了它的意义。

人生其实是无数平稳加上一些低谷和高光时刻的起伏，那些平稳和低谷的时候都是为了熬出高光。

这个世上，真正令人上进变好的事物大都是反人性的。

例如，高跟鞋是不舒服的、塑身衣是不舒服的、健身撸铁是不舒服的、独立自主创业是不舒服的……但最后你会发现不舒服的人生才能让你越来越好，那些现在让你舒服的事或物，有时候却是温水煮青蛙。

我们都应该清楚自己到底要什么，你要为你的目标熬一个过程，有时即使身体懒惰，思维也要偷偷上进。

"成功不在于成功的瞬间，而在于坚持的过程。"

认真，是一种稀缺的人格模式

"认真"，一个普通到不能再普通的词，却成了一种稀缺的人格模式。经常听到一种声音："认真你就输了。"而说这些话的人，真的因为认真输过吗，还是只是逃避和偷懒的一种说辞，抑或是害怕失败的一种担心？

一直以来，我都觉得我身上自带一种能力，那就是当真的能力，这也是为什么我做的所有事情，在开始那一刻，我就会很坚定地去完成，因为把它当真了。因为当真，所以认真。

明知道认真不会有结果，你还会认真吗？

我曾经看过一个问题："如果明知道做一件事情没有结果，你还会认真对待吗？"

假设在小时候问我："如果明知道这么努力复习，结果还是会考试不及格，你还会复习吗？"答案肯定是"不会"，我还不如跟同学去认真玩儿，至少玩儿这件事带给我的结果是开心，而认真了还考不及格，那带给我的只会是双重难过。

所以我们会发现，人性中自带的导向就是结果导向，而成长就是反人性的过程。我们要跟自己那些弱点对抗。

一位非常好的朋友看到我发的朋友圈后问我："你真的想写书啊?"我说:"有什么问题吗?"她说:"你干吗这么认真,写书要花很多时间、精力、脑细胞,你为了啥?有这个时间,还不如多赚点钱。"

我只能说每个人的想法存在差异,我内心接受别人跟我不一样,但依旧会坚定自己的想法。

认真,是付出型人格模式。

人格模式中包含付出型和索取型,认真属于付出型。认真就像是我们去炒一道菜,普通人把食物煮熟就可以填饱肚子,但是美食家会注重食材的选取、搭配、煮的时长、火候大小、口感、摆盘等,同样是做一道菜,却需要多付出N倍的时间和精力,可是对一个美食家来说,他依然乐此不疲。因为对这件事,他认真了。

而普通人,是体会不到美食家那种认真付出的快乐的。

获得自由的唯一途径，就是失去另一种自由

自由，是一个人的终极追求，有人追求身体自由，有人追求财富自由，有人追求灵魂自由，但很现实的一个真相是：这个世界上没有绝对意义上的自由，你所追求的自由，一定是通过牺牲其他自由换来的。

先做应该做的事，才有机会做想做的事。

昨天给我拍照的摄影师，他擅长拍带电影感和故事感的人物肖像，在我看来，一个有故事和经历的人，才能拍出别人眼神里的故事。

真正热爱摄影的人，骨子里都有一种文艺范儿，喜欢自由、喜欢旅行。在跟他聊天的过程中得知，早期他都是在大理和丽江做旅拍，自己想接单就接，不想接的时候就拿着相机随意拍。前几年他去了北京，想到更大的城市闯一闯，在北京投资了一家店，两年后，这家店以亏损百万元结束了……

经历过跌宕起伏的他说："我之所以来昆明，是因为有负债，等我还完欠的债，我就去四处旅行，困在这里，我的灵魂都没有了

自由……"

这是成年人都懂的道理，先做自己该做的事，才有机会做自己想做的事。

他将来的灵魂自由，需要牺牲现在的时间自由来换取。

每一种自由，都可以倒推它的实现路径。

想要穿好看的衣服，就要先牺牲随便吃吃喝喝的自由；想要说走就走的旅行，就要先牺牲日常安逸的自由；想要获得灵魂的自由，就要先牺牲被环境影响的自由……

自由也是有标价的，也是需要等价交换来的。

每次我出门，都会有人发信息给我：我也想像你一样到处走。

我想说的是，每次我在工作的时候，也许你在家发呆；我赚钱的时候，也许你在陪孩子……你看到我表面的自由，背后是我牺牲了其他自由。

鱼和熊掌，不可兼得。

经常被人问起：你是如何平衡事业和家庭的？

我的回答永远都是：没有办法平衡。

人的时间和精力都是有限的，你在这里付出得多一点，其实就是在透支你该分配到其他地方的份额。

再厉害的人，也没有办法平衡好所有关系。我身边在事业上成功的人，要不就是有真正的贤内助，要不就是感情或家庭关系或多或少没办法照顾周全。

自由，没有捷径，唯有牺牲和自律。

经营落差

落差，是理想与现实间的距离，其实大部分人努力去做一件事情的动力都是源于内心想缩短这段距离。

没有对比，就没有伤害。

所有的落差都是比较出来的，当我们处在信息闭塞的年代，我们的比较就在我们周围的圈子，你会觉得自己挺好的；随着信息透明化，你的比较圈不断扩大，你看过了太多比你美、比你努力、比你优秀的人，落差感油然而生。

缩小落差有两种方式：一是提升现实，满足期待；二是降低期待，满足现实。

假设你想成为演讲领域的专家，但是现实和理想还有很遥远的距离，这时候你的内心就会很焦虑，有可能想要放弃，这时候就需要通过缩小落差来调整。要么做常人所不能的训练，让自己快速大幅度提升，来满足期待；要么先在自己的圈子里成为最会演讲的人，来满足现实。

适度的落差感，是很好的激励方式。

在企业和团队管理中，落差是很好的激励员工的一种方式。

设计落差绝不是设计遥不可及的目标，而是通过努力和奋斗就能够着的所在。差距太大就等于没有差距，就像目标太高就等于没有目标。

人们努力的动力并非想要变得优秀，而是"现实中的我"和"期待中的我"之间还有差距，并且没有人愿意承认自己比别人差。

发现一件很有趣的事情，只要我们公司设计一些活动场合的排位和公开排名，大家的业绩至少可以成倍增长。

"我不是想成为你，我只是想成为期待中的自己。"

每个人的心里都会有榜样，我们并非想成为榜样，而是期待变成榜样的自己。

所有的榜样都是内心自己想要成为的样子的投射，我们每个人期待的自己是虚构的，当在现实中看到一个具象时，内心就会有一个声音："没错，这就是我努力过后的样子，他可以，我也可以。"

经营落差，才能遇见期待中的自己。

挫败，也许是通往成功的"捷径"

特别认同的一句话："事业，是由高光和巅峰所定义，由低谷和挫败所构成。"

构成一个领域的真正的有效知识，并非如何成功，那是给外行看的展板。真正有效的知识，是怎么避免那些低谷和挫败。

每个人的成功方式和经验都不同，人生也并非一路坦途，我们需要直面的是更多突如其来的挫折以及隐藏在生活点滴中的应对挫败的智慧。

挫败，本身就是一种成长。

每个人都是第一次来到这个世界，我们的信息和认知是有限的，在不断经历和探索的过程中一定会遭受不同程度的挫败。

以往我们遇到一些问题的时候，总是会自认为倒霉，心里会想："为什么这件事情会发生在我身上？"当思维停留在这个维度的时候，困难只会是我们前进的绊脚石。

当我们愿意去思考"这个困难要教会我什么"的时候，才是成长。

　　有人把人生比喻成跨栏，每跨过一道坎儿，就离目标近了一步。

　　比学习"如何成功"更靠谱的是"如何面对挫败"。

　　这个世界上有太多人想要一夜成名或一夜暴富，所以过去的成功学才会那么疯狂，任何事物会存在，都是需求使然。

　　但真正的成功，往往都是一个坑一个坑踩过来的。

　　如果告诉你有两条路，一条是通往成功的路，另一条是如何避开所有挫败，你会选择哪一条？

　　我听到一位老师对一位学生说的话："一个人第一次比赛就拿冠军，另外一个人比赛失利后靠自己的不懈努力和不断折腾才拿到冠军，你觉得哪个人的经验，对大多数学生更有指导价值？"答案显而易见。

　　我们总是在找捷径，事实上你在人生路上踩过的那些坑，都可以变成"捷径"。

主动吃苦的人，才不会吃被动的苦

不知道大家有没有听说过"苦难守恒定律"？每个人一辈子吃苦的总量是恒定的，它既不会凭空消失，也不会无故产生，它只会从一个阶段转移到另一个阶段，或者从一种形式转化成另外一种形式。如果你选择现在逃避它，那么未来就需要用更大的代价去对付它。

不想改变的人，大部分都是沉迷在现有圈子的优越感之上。

有的人特别享受身边的人都比他差的快感。

昨天，一位朋友给她孩子报了青少年的课程，我问她："你为什么这么远，也要送孩子出来上课？"她说："我女儿在他们学校一直是佼佼者，一直都是在老师们的夸赞声中长大，因此孩子有点心高气傲，感觉自己没有了对手，所以我想把她扔到更优秀更广阔的舞台，这样她才会成长。"

我不禁为孩子有这么优秀的母亲而高兴。现实中大部分孩子的母亲，只能接受孩子在普通圈子里优秀，接受不了孩子在优秀圈子里普通。

水往低处流，人往高处走。

人除了奔跑，别无选择，哪怕留在原地，也是一种退步。

当你感觉自己已经足够好的时候，就是你需要更迭圈子的时候，到更优秀的人那里看看，到对手的圈子里看看，他们是怎么做的。

每一年公司的年会都会有非常多同行来我们现场，表面是看项目，实际是看看我们的年会是怎么做的、看看我们明年的战略规划是怎么样的……

当你的前方没有路，看看你的对手往哪里走，如果有实力，你可以加速赶超；如果暂时实力不够，那就另辟蹊径。

超越对手，方可超越自己。

人生时时、处处都需要对手，企业、组织也如此。对手，就是会看见你所有漏洞和短板，并且能激发你底层力量的那股力量。

每个优秀的球队，都会有陪打教练模拟对手；每一家好的企业，都会去研究竞争对手在做什么，甚至把对手搬到自己企业内部。例如，任正非在华为设立的"蓝军部"，就是通过模仿对手的作战特征，来训练企业的正规军部门。华为还有一个规定，如果要提拔或升官，一定要先到"蓝军部"去，任正非说："你都不知道如何打败华为，说明你也到天花板了。"

顶级优秀的人哪怕做到了第一，也时刻保持战斗的状态。这个世界变化更替太快了，龟兔赛跑的故事告诉我们，即便你是暂时领先的兔子，稍有松懈，也会被乌龟赶超，如果赶超你的不是乌龟而是老虎，那你便会沦为别人的腹中之食。

我们经常说：不要和别人比，你只需要比赢自己。但如果把人生当成战场，只有先超越对手，才有机会超越自己。

为什么人一旦优秀，就会停不下来

经常会被人问："为什么你可以做到每天都这么努力？"

真正努力的人，会喜欢并享受努力带来的感受和成就，所以当一个人变得越来越优秀的时候，是回不去的，只能往前且往高处走。

标准，是倒逼自己越来越好的方式。

优秀的人，只会允许自己一次比一次好。

就像正常运营的企业，在做目标规划的时候，很多都会按每年3倍的业绩来做，但凡维稳，都是衰退的表现。从100分到99分也是退步，80分到90分也是进步。而优秀的人，都在不断抬高自己的标准。

一个人，不仅是一个人。

一个越有影响力的人，他的一言一行代表的不再只是自己，而是能影响和连带影响的所有人。

晋杭老师为母校捐建体育馆的举动和他在现场的演讲，让我们看到了无数被影响的生命和新生的力量。现场3000多位同学，哪怕触动几百位同学，以后也可能会出现像晋杭老师一样的人，传承他的精神力量。

晋杭老师在每年回母校的演讲中，都在用演讲和实践影响学生，学生们同样也在见证他的一路成长。当这种成长的力量再次生根到所有人身上的时候，我们无法想象又会爆发出怎样的力量。

欲望，放对了地方就是希望。

人之所以会成长，是因为不满足。

很多人会魔化"欲望"这个词，事实上，欲望放对了地方，会变成希望。

梁宁曾经做过一个分析，在分析中她发现：成就最高的那批人，都有一种天分，那就是拥有强烈的成功欲望。不管是乔布斯、雷军还是王兴，他们内心极度渴望通过自己改变世界，这种欲望会驱使他们不断创新和创造。

优秀，最终会变成一种信仰，它没有终点，但你知道它一直在那里。

人生，是"追"来的

《奇葩说》最近的一道辩题："身边的同龄人都比我过得好，我要不要玩命追？"

在我看来，这不是一道选择题，而是每个人都在做的训练题，我们无时无刻不在做"追"的动作，只是有人追的是状态，有人追的是结果。

说不追的那些人，要不就是认为活在自我的世界里也挺好的，要不就是觉得在别人的世界里保持自我也挺好的。但现实中，我们生活在这个世界上，就注定没有办法与这个世界剥离。

就算你自己不跟别人比，别人也会帮你跟别人比。

你没对象，别人就会说：人生应该以家庭为重，成家立业啊。

你有对象，但事业没什么成绩，别人就说：你没好的事业，怎么给家庭一个未来？

你有对象，也有好的事业，别人会说：要赶紧生孩子了，人不就是为了传宗接代吗？

你有对象，也有事业，也生了孩子，别人会说：你孩子现在的成绩不好，你赚再多钱，也无法弥补教育的缺失啊。

总之，不管你目前的状态是什么样的，别人都一定能找出你的问题。

有一次去我朋友家吃饭，她公公婆婆跟我说："你不要这么辛苦，钱是赚不完的，你看看××，一儿一女，家庭幸福，每天在家照顾家庭，带带小孩也挺好的。"

我只能说："每个人都有自己想要的人生。"

现实就是这样，别人永远会找到你身上的不足跟其他人的优势做比较。

有人说，我就愿意保持佛系。

在我看来，"佛系"的背后是想追却追不上的无力，或是我追求一种比你更脱俗的境界，归根结底，还是一种"追"。

有一句话我很喜欢："佛系是竭尽所能之后的不强求，而不是两手一摊的不作为。"而这个竭尽所能的状态，也是一种追。

有人说，我可以"追"，但为什么要跟别人比呢？

这个世界如果没有比较，就没有参照，我们甚至不知道"好"的标准是什么。当我们看过了好的，才知道自己努力的方向在哪里，也就有了"榜样"的力量。

我的每一个人生阶段，都会找到我认知范围内同龄人中最优秀的那个，作为我努力靠近的榜样，当我一点点缩短我们的距离，我会知道"努力"是有价值的，"梦想"是能实现的。

最后，如果遇到比我优秀的同龄人，我不追的话还能做什么呢？

我想了一下，既不追也不可能忽视，那很大的概率就会选择嫉妒。

　　我一边内心求而不得，一边不想努力，只能靠假装不在乎或言语上的不屑和抨击，来保护内心的愧疚感。

　　但，这不是我喜欢的自己，也不是我想要的状态。

　　所以，比起佛系，我更愿意追；比起嫉妒，我更愿意追。

　　毕竟，每一个不曾起舞的日子，都是对生命的辜负。

没有突如其来的一夜成名

看过一道辩题："20岁有一个一夜成名的机会，该不该要？"

机会，乍一听像是披上了华丽外衣的救命稻草，很多人会想，不管是什么机会，先抓住再说。

这个世界上，不可能有从天而降的机会，在我看来，与其讨论我们要不要这个机会，不如问自己，敢不敢让全世界看到你的优秀？

没有突如其来的一夜成名

成名，每个人都渴望，但平平凡凡的人几乎很难拥有这种一夜成名的机会，所以这个问题是在问两种人：一种是拥有天赋或背景的人，另一种是在这一夜之前做足了准备的人。

先说第一种，拥有天赋或背景的人，一夜成名之后，然后呢？

天赋，如果没有天天赋能也会消散，我们见过很多年少成名的人因为没有持续维护名望的能力，结果陨落的故事。对拥有背景的人，如果这个名只是空名，首先含金量不高，其次持续性不久，那你所追求"成名"这件事又有什么意义呢？

再来说做足了准备的人，这是大部分有名望的人的必经之路。

正如席瑞说："成名，从来都是一个渐渐的过程。你从不知道我到知道我，只花了一夜的时间，不代表我成为今天的自己，只需要一夜的时间。"

成名改变的不是身份，而是社会责任

成名之后，你不再只是你自己，你是风向、是标杆，你的一言一行，都在大众的放大镜之下。你做好准备了吗？

这永远是一个平衡的世界，你享受了多少名带来的利，就要背负多少责任。

比如，很多明星从神坛跌下来，都是因为自己的某个行为，违背了大众对他的期待和认知，他们有些行为，在大众中可能比比皆是，而一旦被抬到神坛上，无数的眼睛都会盯着你，你影响的不仅是自己，更是整个社会风气。

这就是为什么一个名人做错事情很难被大众原谅。因此，在成名之前，要问自己：我能承受一切道德审视和舆论压力吗？

我的改变，是为了不变

席瑞说，自己在参加《奇葩说》前，曾经想过在这里一夜成名后，人生会发生翻天覆地的变化。

当他在这里从一个小透明，变成了一丁点小出名以后，他恍然间发现：好像什么也没有改变。

他去吃饭的时候，有人能认出他来，找他签名，他内心窃喜，但是那又怎么样呢？叉烧饭的味道还是一样，爱他的人依旧爱他，

而他也还是一样，继续奔走在校园和课堂。

熊浩说："喧哗过后，平凡如昨。"

姜思达说："我的改变，是为了不变。"

机会也好，成名也好，都是我们人生中的加分项，不是必选题。

当你可以为这个社会创造一点什么的时候，不一定要出名，这个贡献的过程，本身就是一种意义。当有一天，你离开这个世界，你希望别人记住的是你的名字，还是名字背后的一连串故事？……

真正能够留在我们生命中的，不是名望，而是那个为之奋斗的自己，以及奋力奔跑的日日夜夜。

现在的捷径，是将来的弯路

陈铭说："人生若有捷径，捷径很快就会变成唯一的路。"培根说："人生如同道路，最近的捷径通常是最坏的路。"

世界瞬息万变，所有人都在追求快，生怕被时代抛弃后不见踪影……当沉下心来思考："我们追求的到底是什么？只是速度，还是真正的效率？"

当一个人一味追求速度的时候，就会开始思考："我要走哪条道才能最快到达？"于是就会想要找捷径。但无数的案例和经验告诉我们，那些看起来最便捷的捷径，大多数时候是最绕的弯路。

在我看来，"唯快不败"的原则会慢慢被取代，"慢哲学"将应运而生。这里的"慢"指的不是节奏的"慢"，而是花更多的成本在内核的夯实。

最近在和朋友聊文凭的事情，曾经我们都觉得文凭不重要，但慢慢地会发现，当一个机会摆在两个能力相当、文凭不同的人面前，甚至是文凭低的人能力强一些，最终大概率也是高文凭者胜，特别是在一些正规的大企业以及一些影响力较大的场合。

　　这就是为什么我会在这两年有考研规划的原因，我说："我必须把之前没走的路，重新走一遍，即便现在不走，将来也要走，并且代价会更大。"

　　朋友说："你这个方向是对的。你看我们公司的××，虽说前几年靠关系一路提拔，但到了某种程度的时候，就是他的天花板，因为没有官方的这些认证和背书，很多时候在更高的圈层是上不了台面的，也因此不会再有机会……"

　　她的这番话，让我不断地思考。很多事情，尽管当下看不到回报，但早已成为你人生路上重要的铺垫。

　　不要总是想着寻求捷径，最好的捷径就是不断夯实自己。

隐形资产

每个人身上，都会有两部分资产：一份是实际的、外露的，一份是虚拟的、隐形的。

经历塑造你的气质

有一句大家都听过的"鸡汤"：你的气质里藏着你走过的路、读过的书和爱过的人。

曾经读它的时候，我也觉得很"鸡汤"，但是当走过路、读过书和爱过人后，你终有一天会明白，为什么你会成为现在的自己。

并非人人都有气质，身边有一些朋友，他的外在可能不算长得完美标致，但每次在人群中你都能一眼看到他，你看到的已经不是他的五官，而是骨子里透出来的气质和气场。

曾经有人问："如何修炼自己的气场?"看过一个答案：唯有经历。

不同的经历塑造不同的气质，例如，提到董卿，我们会想到满腹诗书；提到董明珠，我们会想到民族情怀……

知识长成你的思维

我经常说：知识，它不会让你立马变现，但把时间轴拉长来看，总有某个关键时刻，你会恍然大悟："还好我曾经学过这个。"这，就是价值的后置化。

态度改变你的命运

生活中的10%是由发生在你身上的事情组成，另外90%是由你对所发生的事情的态度所决定。

今天和表姐电话聊了1小时工作，下个月就要生二胎的她明天还要下市场扶持经销商，过几天还要跟我一起去谈项目合作，我说："你要不要在家安心准备？"她说："没那么矫情……身后一群人还在等着我呢！"

我身边的大部分女性，都不矫情。不管发生什么负面事情，都会用正面意义去坚持。

每一个人都在用属于自己的态度，去创造命运的奇迹，看看自己最终能折腾成什么样。

隐形资产，才是一个人的终极竞争力。

因为，内在积蓄得越多，外化时的力量就会越强大。

04.

第四章　思维破局　永不设限

蓄势待发

成为更好的自己

优化你的人生配置

说到人生配置，大家的第一反应是否是物质配置？物质是一方面，思维是另一方面。在现实中，思维能够随时保持升级的人，物质层面都不会太差。

经常听到一些在家待久了的宝妈经常说："真羡慕你们可以自由创业。"我说："你也可以啊。"她说："我不行，我要在家带娃。"我说："那还是带娃重要。"她说："可是养娃要钱啊。"我说："那你就来赚钱啊。"她说："我要在家带娃。"……再聊下去，她还是在自己设计的怪圈里打转。一个人可以暂时经济贫穷，但不能思维贫穷，思维决定行为，行为决定结果。

就像晋杭老师曾经分享过的：小时候，觉得麦当劳是奢侈品，想吃一个汉堡可能要纠结很久。可是，如果到了三十几岁，吃一个汉堡还需要纠结，你觉得是汉堡的问题，还是你的问题？

优化你的人生配置，首先要知道自己想要怎样的人生。尽管别人觉得你过得乱七八糟，当然，你自己认为过得还挺好的不在我们探讨的范围内，我要和大家探讨的是一边抱怨着自己的现状，一边不愿意改变自我的人。

改变自己的第一步，要先明确自己想要什么。

思维一转变，成功一大半。可以问问自己内心：现在的生活真的是自己想要的吗？如果不是，那你想要的人生是什么样的？这时应该有具象化的目标，例如，你理想中月收入是多少？每年去旅行多少次？可以送给父母什么？可以参加什么样的学习？最后问自己：如果不改变，这些你想要的能实现吗？也可以找一个榜样对标，然后问自己：为什么别人可以做到，而我就不行呢？我们的差距在哪里？

通过不断提问的方式可以更加明确和强化我们心中的目标，也能更容易让自己找到为之努力的动力。因为带着问题思考，就是思维改变的第一步。

所有的改变，都需要度过"痛苦期"。

这个世界上所有能让你变得更好的方式，都一定伴随着痛苦，因为改变本身就是打破习惯。

比如，很多人会跟我说："我很想跟你创业，可是我身边的圈子不好。"这时我都会问他："那你想不想变好？"很多人的思维是我现在不好，所以就不能选择好的，而不会去思考我想要变好，是否就要做出改变。当把一件事情的因果关系反过来思考的时候，结果是会不一样的。不是因为圈子好了才开始创业，而是因为开始创业你的圈子就会变好。

改变一定是痛苦的。就像我经常会分享，你选择一个低门槛的项目时可以瞬间吸引一大片人，因为大家都能来投资，而最终可能卖家比买家还多，因为所有人都是奔着低投入又能赚钱进来，但最后真的赚到钱了吗?

如果选择一个有质量的项目,可能你前期需要面临换圈子,需要经历无人问津的积累,但是最后你会发现,一个优质资源背后可以产生的价值胜过100个普通资源。

所有为改变承受过的痛苦最终都会得到另一种方式的回报。

每个人都值得拥有优质的人生。

尽管"优质"没有特定的标准,但是我们可以告诉自己:明明可以活得更好,为什么不去尝试努力一下呢?

可能你要问:"什么才是更好?"我不会建议大家去追求那种在你目前看来遥不可及的人生,但你可以试着去抓住踮起脚尖就能抓住的机会。就像罗振宇所说:"这个世界上除了飞黄腾达和赖在地上,还有第三种人。那就是两脚不离大地,拼命向上生长。"

当世界万物都在改变,如果你还赖在地上不愿做出改变,那你迟早会被这个世界抛下。

竭尽全力去向上生长,让每一个原本平凡的生命都能活出不平凡的意义。

过不设限的人生

做个人宣传时经常会填写个人标签，每次我都会把全部写出来，再根据场合放上最适合的两三个。

我的个人标签不算多，有的没的加起来也就不超过10个，其实我并不反对标签化，相反我会把标签当成人生每个阶段的勋章。当你的标签每增加一个时，就意味着你的人生边界又拓宽了一点。

不设限的人生是一个老生常谈的话题，这句话很多人都会说，那什么样的人生才是不设限的？

问自己：除了现在的工作，你还能做什么？

我经常说7年前辞职创业是因为不想过一眼就能望到头的人生，还有一个更重要的原因是不想拿一眼就能看到底的固定工资。

我记得以前每次家庭聚会，亲戚们在一起就会晒女儿送的礼物、包的红包、工作收入、被领导重用的故事……那时我妈都在一旁不怎么说话，被大家问起时，她只能很尴尬地回答："我和她爸自己赚的钱足够了，女儿还年轻，她照顾好自己我们就知足了。"

那个时候我就问自己：除了现在的工作，你还能做什么？你能不能让父母在跟别人说起你时，也能一脸骄傲？

几年后，我终于做到了。

就在两年前我的事业做得风生水起，年业绩达到亿级的时候，我的人生再次被质疑，一个有着无数光芒标签的人说："她有什么了不起的，不就在这家公司牛吗？离开平台，什么都不是。"

并非为了证明给她看，而是她的质疑再次警醒了我，我问自己：如果真的离开这里，我还能做什么？

后来我尝试让自己增加新项目，一个新品牌两个月做了500万业绩。再后来我想，如果说做市场是我擅长的，我理所当然能做好，那我敢不敢拿自己的最短板试试？

于是就有了我开始学习，突破自己的演讲。

这些经历让我学会了，即使不被别人质疑，我们也要不断主动去拓宽自己，去赢得更多的勋章。

你的心理高度，就是你的天花板。

我是一个目标感很强的人，我想达成的，就会全力以赴。我不喜欢去刻意强调过程的艰辛，所以很多人看到我的结果时会以为是轻而易举实现的，当他们也去尝试时，发现原来并没有那么简单，于是就开始否认自己。

一位教少儿口才的合作伙伴，在公司待了一个月后，在销售中遇挫，她心灰意冷地跟我说："我觉得我可能还是只适合当老师。"

我给她讲了一个跳蚤的故事。

有人做过一个实验：他拿了一个玻璃杯，放进一只跳蚤，跳蚤马上就轻易地跳了出来。经过测试，发现跳蚤跳的高度竟达到了它身体的400倍。

接下来，他把这只跳蚤放进加了盖子的玻璃杯里，跳蚤往上跳时重重地撞在杯盖上。它一次次尝试一次次碰壁后，开始根据盖子的高度来调整跳的高度。它再也没有撞到过盖子，只是在盖子下面自由地跳动。

一天后，实验者把盖子轻轻拿掉了，发现跳蚤还是维持着有盖子时的高度跳动。

一周以后，依然如此，它再也无法跳出这个玻璃杯了。

跳蚤的心理高度，是杯盖的高度。

而你的心理高度，不应该有高度。

人的能力陷阱会让我们去重复自己擅长的事，但打破自己的擅长领域，不给自己设限，才是更有意义的人生。

认知升级才是最好的防腐剂

认知是人们获得知识、应用知识或加工信息的过程，它包括感觉、直觉、思维、记忆、语言等。

我们对世界的认识包括感知和认知，感知是由感官决定的，认知是由认知系统决定的。所以，认知是人与人最大的也是最本质的差别。也就是说：你的认知决定了你是你。

一个人的成长，就是认知升级。

世界在不断变化，人也在不断成长。而成长最好的证明就是：当你看到自己曾经引以为傲的成绩现在会认为不过如此，当你看到自己曾经自以为是的样子一定会觉得自己很傻，当你看到曾经你遥不可及的目标已经在你的身后……

一个人的认知水平一定会有保质期，时间轴拉长看，比如，我们说的代沟，所谓代沟就是你认为他的思维已经淘汰（过期）了。而把时间轴缩短看，你的每一秒认知都应该是新的，因为每一秒你输入的感觉、思维、语言……都不一样，认知需要对这些输入信息进行转换或加工，从而形成自己的认知体系。

而成长是完成从知识到思维到认知的全过程。

不知道自己不知道，是认知升级的最大障碍。

我们以为人最可怕的是不知道，其实不是，人最可怕的是不知道自己不知道。

昨天见了一位朋友，她跟我一样去年一年都在学习，只是在不同领域不同平台。我问她今年怎么打算的，她说："我今年准备换个老师学，之前的老师已经不能再教我什么了。"

听完我很吃惊，我在想：一个老师的价值也许就在学生觉得"不能再教"的那一刻灰飞烟灭，而更要命的是，自己全然不知。

这件事情也给了我一个警醒，时刻保持觉知，让自己的认知迭代速度赶上别人对你的期待值。

好奇心决定了人们喜欢探索和追求新鲜感，我们的产品都会一年做一次小升级，3年做一次大升级，何况是人呢！

如何打破不自知的认知升级障碍？

第一，保持觉知。

自省，每天与自己对话，问自己：还能如何做得更好？

第二，收集反馈。

多主动听听别人的反馈，打破自己认知思维设定的局。

第三，向外求教。

真正有升级思维和迭代能力的人善于在向外求教的时候完成内在转换。随处可学习、无处不升级。

认知升级是一个人的防腐剂。

花会过季，人会过气，认知升级才是一个人最好的防腐剂。

一个人的起点是价值，终点还是价值，而连接起点与终点的桥梁就是认知。

认知升级很重要的一个方法就是击碎、重组，再击碎、再重组，敢于拆解自我思维的那堵墙。改变往往是为了不变，就像一盘食物，放两天就过期了，而抽真空并且加上防腐剂，才能最大限度保持新鲜。

不敢击碎、重组的人要么没勇气，要么怕质疑。而你要相信，就算有50%的质疑，也一定会有50%的掌声。

愿你既有认知升级的思维，也有迭代自我的能力，永葆向上成长的生命状态。

性格，不该成为成长路上的障碍

很多人对"性格"一词有误解，认为性格是天生的。不可否认，性格有一部分是遗传形成，而占主导的是你习惯化的行为方式形成你习惯性表现出来的人格特征。

生活中性格常常被人们拿来当成借口，以下这句话我想大家肯定经常听到："没办法，我性格就是这样。"这句话说者会认为理所当然，而听者会觉得是借口，所以当一个人拿性格当借口的时候，你们的谈话基本不会同频了。

性格分为"自知型性格"和"无知型性格"。自知型性格是明知道自己性格需要调整，但不愿意改变，于是性格便成了成长路上的障碍；而无知型性格是活在自我的世界，认为我挺好的。

前者从打破习惯开始，后者从突破认知开始，去优化自己的性格。

性格是可以被优化的

没错，性格是可以被优化的。

我从小特别不爱讲话，到了几乎算是孤僻的地步。除了家里人和老师，跟别人几乎不沟通，甚至跟家人的沟通都仅限于他们提问我来答的那种。

记得那时候所有亲戚都"夸"我文静，那时认为对比其他小孩吵闹疯跑，文静挺好的。那时我处在无知型性格的阶段。

慢慢长大一点，每次家庭聚会，其他小孩开始会跟长辈们聊学习、聊学校的趣事，甚至加入大人们的探讨中，而我每次都坐在旁边光听不说话，这时长辈对我的评价不再是"文静"，而是：周亿的性格跟她爸一模一样，不爱说话。

那时我才开始意识到这不再是表扬，意识到是自己的性格问题，但又把原因归结于遗传，"他们都说我像我爸"。

直到我开始创业，我朋友对我说的第一句话便是："你这种性格的人怎么做生意？"我说："我爸都能做好，我为什么不行？"

后来一次偶然的机会，在外面餐厅吃饭的时候碰到我爸和他的生意伙伴，于是跟他们一桌，也是这一次，我看到了从没见过的我爸的另一面，他很清晰地跟大家探讨自己的"生意经"。

后来我问我爸："为什么你在家和在外面感觉像两个人？"他说："在家我可以做自己，在外面可以做更好的自己。"

优化并非妥协，而是做更好的自己。

看到这里可能很多人要问："你这样不累吗？"

当身上有责任感的时候，你会需要暂时收起自性，学会更好地与别人、与世界相处。因为你的性格和你的利益、机会，甚至是你的命运息息相关。

一次一位朋友愤愤不平地告诉我："我们公司创始人不允许将

我的产品引进公司，而允许另一个合伙人引入她的产品。同样是合伙人却是不同待遇……"

我说："你别急，你说说看另一位合伙人的性格。"

她说："她的性格，就是会投其所好呗！我们创始人就喜欢这样的人，但我的性格就这样，我做不到。"

这看似是选择要不要改变性格，实则是坚持自性和实现价值的对垒，你的自性要不要为你的价值让路。

优化绝不是让步，似退实进。每个人的性格都不可能一成不变，它跟你的经历、环境、遇到的人和事，以及想到达的地方都有关。

什么样的自己才是我想要的，不就是越来越好的自己吗？

人在每个阶段的追求是不一样的，从自性到名利物欲到尊重价值到真正地实现自我甚至无我。在这个过程中，我们无法成为别人，只能不断优化自己。

好奇心

昨天朋友问我："你觉得你这么坚持去做每件事情的动力是什么?"

我说："是对自己的好奇心，我很想知道未来有一个怎样的我在等待着我。"

去探索自己能力边界的感受很神奇，它就像一种指引和力量，你不会允许自己停下来，停下来就意味着告诉自己："我只能到这个程度，这就是我的边界，我尽力了!"

而我，不想让这种事情发生。

好奇心，不承认这个世界存在边界。

好奇心是人类文明第四驱动力，推动着人类不断去探索和验证。人类对宇宙的探索从未停止，从月球到火星到水星……人类对宇宙的想象有太多的未解之谜，也因此倒逼着研究、创造和科技的发展。

感官加上想象构成了人们好奇心的开始，例如，当我们仰望星空的时候就会想，在那片黑暗苍穹里，是否还有另一颗星球，住着人类的朋友……

曾经《奇葩说》有一道辩题："假如你有一颗外星生物蛋，你会保护它还是毁灭它？"黄执中说："这个看似是脑洞题，实际是应用题，是好奇心与安全感的对垒。"他说："一个人没有安全感，可能会死；但没有好奇心，虽生犹死。"

想象一下，如果整个人类都失去了好奇心，那人类也就像按下了循环键，永无止境地重复。

所以，在人类文明进步的长河里，不要"循环键"，只要"省略号"。

有省略号的故事永远值得期待。

一句话，我们会想象省略号背后对方的表达；一本书，我们会对未完待续有期待；一场电影，留白的结局更让人印象深刻。

我有一位朋友，她好奇心实在是太强了，只要白天告诉她"我跟你讲一件事儿，算了，不讲了……"，她就会整夜失眠，浮想联翩。她经常因此苦恼，然后问我该怎么办。我说："你可以把自己的好奇点转移到创造更强的事情上。"

优秀的人，都在"选择"好奇。

好奇分为两种：一种是潜意识的被动好奇，一种是有意识的主动好奇。

被动好奇在于遇见问题后潜意识里的发问和寻求答案，主动好奇在于主动去创造和挖掘更多好奇。

在《好奇心：保持对未知世界永不停息的热情》这本书中有一句话："在这个信息获取不平等终将消除的世界里，一种新的分界线开始浮现——有好奇心的人和没有好奇心的人。"

我个人认为，可以把"好奇心"这个词诠释得淋漓尽致的人就是达·芬奇，他在画画领域的成就只是他的冰山一角，建筑学、天文学、地质学、解剖学、光学、力学……他在这些领域的建树都不亚于绘画。所以，一个人的好奇心用在创造上，将会带来惊人的力量。

人们对知识的缺口产生了好奇心，而好奇心也在推动着无止境的探索和进步。

带着好奇心上路的人生，永远伴随着一股向上的力量。

台　阶

　　我曾让一位业绩最好的经销商在各大社群做一次分享，她说："把机会留给新人吧！"我说："新人我会安排其他的分享，这是你塑造团队长IP的好机会。"她说："IP对我来说不重要，我想把更多重心放在做业绩上。"

　　记得我第一次上演说影响力课程的时候，义工试图让我上台PK，我说："让其他人去吧，我在公司有很多上台的机会。"她说："不要错过了这么好的影响力打造机会。"我说："我是来学习的……"

　　这两个桥段，像极了一位老师前几天在朋友圈分享的"烂台阶"的故事。得不到的东西，非要说自己不喜欢；没把握的领域，非要说自己不看重。

　　喜欢找台阶的人有两种：第一种是自卑，第二种是习惯性把借口当台阶。

　　没有人不自卑，差别在于你有没有把它太当回事。

　　每个人都会觉得自己不够好，而那个好的标准，我们永远不知道在哪儿。人都是"比较物种"，我们总是拿自己的短板去比别人的长板。

前几年每次公司大型会议，作为业绩占比最大的我和我表姐，每次都会被安排分享，一被安排我就很头疼，脑袋里浮想联翩："表姐是专业的主持人，我们一起分享我肯定不如她，别人会怎么看我?"最后都是以退缩收场，我提出："由于我要培养团队领袖，所以我要把这么好的机会让给她。"

自卑控制好度是谦虚，一旦过界就会变成压在心中的大石。当我们太把自己和自卑当回事的话，就容易被压垮。

我们常常害怕被别人看穿，欲盖弥彰以"不想要""不在乎"来筑起高高的防线，殊不知防线越高、台阶越高你越下不来。

完美主义是我们给自己找过的最好听的台阶。

我身边的完美主义"患者"太多了，包括我自己，我们经常拿完美主义的外壳来包装自己"不承认的自卑"，在我们的世界里，不能有差错，万事都得准备好。

完美主义都是极度矛盾体，因为在我们的思维里，永远都住着理想中的我，高高在上不着地，所以一生都在忙着找台阶。

把安逸误当佛系，把不努力标榜为无欲无求。

生活中随处可见每天找完借口找台阶的人。

不知道什么时候起"佛系"这个词开始盛传，随之而起的一个名称叫"佛系卖家"。

我有个朋友就自称佛系卖家，创业4年原地踏步，我经常跟她开玩笑说："要不你别跟我干了，不然别人看到你就会不相信我培养人的能力了。"

我问她："你怎么理解佛系？"

她说："买卖不强求，我也不靠这个赚钱。"

而事实上她只是放不下面子，把自己困在预设好的安逸里，把安逸误当佛系。

真正的佛系，是修炼、沉淀和拥有过后的云淡风轻，而不是一开始就两手一摊的不作为。

给别人找台阶是高情商，给自己找台阶是低认知。

打破脚本思维

人会有两种思维模式：一种是脚本思维，一种是弹性思维。脚本是指提前预设好的思维模式，例如，计算机、人工智能，都可以提前输入代码。弹性思维是人区别于计算机和低等动物的核心要素，人不仅会有自动输入的程序，还会有突如其来的灵感。脚本思维更多的是验证事物的真理，弹性思维更多的是找到答案。

例如，当你正在组装家里新买的家具，把家具固定好需要用到锤子，具有脚本思维的人会围绕如何拥有锤子去思考，例如，去借、去买等；而具有弹性思维的人会想：既然家里没有锤子，我是否可用其他工具来代替？

所以我们会发现一味地用脚本思维可能会没有结果或者效率降低，例如，刚刚的例子，如果商店没有锤子卖、邻居家也借不到怎么办？验证真理最终还需解决问题，只能换一种思维模式——用其他工具来代替，这就是弹性思维。它会让我们更准确且快速地靠近答案。

爱因斯坦曾说：某一个层次的问题，很难靠一个层次的思考来解决。人们之所以会产生焦虑和迷茫，不是因为不够努力，而是一旦认知受限，很难跳出现有思维去理解。

脚本思维更多的是一种"下意识"，一方面会让认知深度受限，另一方面会阻断弹性思维的发挥。

如何训练自己打破脚本思维？

第一，跳过第一答案。

当我们思考一个问题的时候，最先跳出来的答案大部分都是提前预设好的，第一答案基本都是没有经过思考的。就好比渴了知道喝水、困了知道睡觉这么顺其自然。

如果想要训练自己的弹性思维，果断跳过自己的第一答案，问问自己：这个问题还能从哪个角度来解决？

就像专业辩手都会把想出来的前3个论点跳过，因为你第一时间能想到的，对方也一定能想到。只有深度思考过的答案，才有竞争价值。

第二，升维思考。

每个人的思维都是有层次的，而我们遇到的问题也是有层次的。一个底层次的问题用高层次的思维比较容易取得结果；相反，一个高层次的问题用底层次的思维是没有办法解决的。所以我们遇到问题都应当升维去思考。

例如，同样是受疫情影响的3家企业，一家看到的是大环境带来的摧毁，一家看到的是自己的企业没有修炼好内功，一家已经在做积极的布局调整。不同的维度思考，带来的结果肯定是不同的。

第三，重组脚本。

脚本思维大同小异，每一个原生本我都无法形成终极竞争力。

天赋异禀的人屈指可数，如果你很幸运拥有，一定要发挥它的最大价值；如果你只是一个普通人，那么你可以重组自己的脚本思维。

一条路走不下去，别忘了旁边还有一条路，有时只需拐个弯就是突破。

人生没有雷同，思维也需存异，既需扩容，也需训练弹性。

人们都喜欢做自己擅长的事儿

前两天我在朋友圈发了一句话："人生的意义在于磨炼灵魂，我欣赏可以发挥优势到淋漓尽致的人，也佩服可以突破短板到势如破竹的人。"

人们都喜欢做自己擅长的事儿，很多人会问我：怎么感觉自己这么多年都没啥改变？其实，每一个人的内心深处都是在渴望和寻求安稳，区别在于有的人认为我不改变不跳出舒适圈就是安稳；而有的人认为，如果我不尝试去改变，才是最大的不安全。两者都没有错，只是站的角度和思考的维度不同。

在很确定的环境做自己很擅长的事确实容易取得成功，例如，很多家长培养孩子，他们会先看这个孩子的兴趣在哪里，他擅长哪一门学科或者才艺，进而让他不断加强变成孩子的专业。

做自己擅长的事儿，容易实现或是被认可之后找到成就感，但是，如果挑战自己不擅长的事儿，最终把它变成自己的擅长，那将让你发自内心地认可自己，无关任何人。

从我学舞蹈的第一天，老师就说我不太适合，可是最终我把它学成了大学的专业；我创业的第一天，身边的朋友都认为我没有任何天赋或者经验，创业必失败，甚至很多人至今都还会说一句话："我很好奇你怎么就做成了今天这样？"我最开始学演讲的时候，有人跟我说："你适合做幕后管理，站在台前讲话不适合你。"我的第一位老师跟我说："这是你身上最大的短板，你要能突破，你的人生又会到达新的高度。"……

　　一路走来，我发现一直在跟自己死磕，越是不费力或是踮踮脚尖就能拿到的东西，我反而不屑，我一直在挑战那个别人认为我做不到的自己。

人生简历中重要的能力

人生中的每一个经历，都在书写你的简历。每一个看似微小的过程，在生命中都有属于它的笔迹，不能删除、不能重来，而最终这张简历是否精彩，全看它是毫无新意还是字字如金。

成长的过程也是训练自己各项能力的过程，每一项能力都能在你的简历上增加一个选项，最终形塑成那个立体的你。

在我看来，人生简历中的3种能力尤为重要。

第一，认知能力。

要想得到你想要的东西，最可靠的办法就是让自己配得上它。

这里的认知能力包含对事物的认知和对自我的认知。知道什么是我想要的。要先对目标有一个具象的认知，再去评估自己现有的能力是否配得上，如果暂时配不上，还需要训练自己的哪项能力。

你凭什么不努力，又什么都想要？这句"毒鸡汤"我相信很多人都听过。我并不抗拒鸡汤，之前也分享过：鸡汤都是鸡肉熬出来的。

晚上看到团队的群里大家在讨论：我为什么来到这家公司？

有人因为产品，有人因为平台，有人因为某个人……不管是因为什么，大家都清楚自己想要的是什么，并且在这个过程中又会生发出不同梦想，每个人都在努力修炼让自己的能力配得上它。

第二，创造能力。

与其说创造，不如说原创。如若你的简历千篇一律，那么你人生的作品跟机器制造有什么区别？

为什么市面上但凡带上"手工"二字的产品，价格都会高太多？例如，爱马仕除了它的品牌价值和营销方式，它是将传统手工工艺和卓越的原材料完美结合，手工缝制融入的匠人精神替代了冷冰冰的机器制造，因为它注入的是每个作品独有的灵魂。

人生亦如此，我们是在重复着过每一天还是创造全新的每一天？人和机器的区别在于人们拥有不同的思维、思考和思想，借由我们的创造力反映到我们做的每一件事情上，书写出定制版的简历。

第三，超能力。

很多人都幻想过自己成为超人，拥有超能力可以拯救世界。回归到现实我们都是凡人，终其一生只为了写好那份人生简历。

而每个人都可以做自己的超人，超过昨天那个自己的人。不要看不上微小的进步，日复一日，量的积累终将带来质的改变。

正如稻盛和夫说："浑浑噩噩的人和认真生活的人，他们的剧本内容千差万别。"他们的人生简历也有天壤之别。

从0到1

去昆明旅行，给我拍照的摄影师名字叫"凌道一"，我说："你的名字很特别啊，是真名吗？"他说："不是，这是我自己取的，因为我经历了无数次从0到1的过程，所以对我来说特别深刻。"

从0到1，每个人必然会经历，每个人都会有不同的理解，0代表无，但同时也意味着有无数可能，1代表起点，一生二，二生三，三生万物。

任何事物，好在本无意义，这样你便可以赋予它任何意义。就拿从0到1来说，在我看来，它可以是创造、是突破、是从头再来……

从0到1，是创造。

什么都拥有的人生固然会更容易成功，但自己创造的过程是更深刻的一种体验。

"万事确定"并非圆满，"不确定"才有种种可能，有哭有笑，有欣喜也有失望，有惬意也有焦虑，因为这种不可知才更神秘。而"确定"意味着再无创造更多的可能。

　　例如，设计师这个职业，如果你给他很多条条框框的限制，自己内心已经有确定的想法或方案，那么他就没有发挥创造的可能性。

　　什么都没有，意味着什么都有可能。

　　从0到1，是突破。

　　我们经常提到"破局思维"，破局就是从0到1的创业精神。马化腾曾经在采访中分享，从0到1，第一步是从0到0.1，找到用户痛点，不断尝试、思考、前进，最后从0.1成长为1。

　　所以大家要鼓励团队不断试错，挖掘从0到1的能力和机会。有1才有后续的无限可能，无论是从0到1，还是从1到N，在长期投入的道路上，都要耐得住寂寞，一点一滴地精工细作。

　　很多人在从0到1的过程所投入的时间、精力和资本，会远远大于从1到100。

　　从0到1是突破，从1到100是增长。

　　从0到1，是从头再来。

　　万事都有轮回，当你走到100的时候，也许就是你结束人生上一个阶段的开始，然后归零重启下一个阶段。哪怕没有走到100，而是在半路失败，你也需要拥有从头再来的勇气。

　　褚时健的故事我们都知道，他经历一生坎坷，最后回望人生时说："我的一生经历过几次大起大落，只要自己不想趴下，别人是无法让你趴下的。"他的人生故事告诉我们：人生最好的选择，是可以从头再来。

　　看过这样一句话："人生最坏的结局是大器晚成，而最好的选择是能从头再来。"

努力的意义，在于扩大选择权的边界

每个人都在选择和被选择中，没有一个人能在选择之外。

例如，一位领导，他既是被上级领导选择提拔的角色，又是作为领导提拔别人的角色，而他所有的努力晋升，都是为了让自己选择区域的边界越来越宽。

一个人或一个组织，判断其是否越来越强大的标准是拥有主动选择权的边界在哪里。

从"你选择我"到"我选择你"

早在20年前，我们公司还是一家小公司，刚刚成立且无运营经验，老板说："那个时候都是我们去找品牌方谈，给他们做品牌运营，因为没有任何筹码，只能通过压缩自己的利益来获得品牌方认可。那时候哪有选择权，有好一点的品牌给我们做就不错了……"

随着一个个品牌在我们公司运营成功的案例，我们在找品牌方合作的时候机会越来越多，满意的我们可以合作，不满意的可以选下一个。

再后来公司在业内甚至国外声名鹊起，很多国外的品牌想要进入中国市场，第一个就会想到跟我们合作，所以现在公司手上随时都有很多品牌等待我们筛选合作，我们也因此有资格定下严苛的选品标准。

让自己"升值"，就是选择权的开始

说到底，每个人都是有标价的，你的价值是多少，你的选择就有多少。

例如，前几天我看到一位同行的朋友圈，她说："几年前我收到一个几百元的订单就会发圈，用120分的耐心服务好客户。3年后，我的时间有限，耐心也有限，现在我只服务至少打款20万元有团队的人……"

讲师也是如此，很多讲师从免费讲，到讲几十元的沙龙，到五位数的课程，再到可以收费百万元的事业合伙人……

这其实就是我们所说的身价的上升，每个人都可以通过在一个领域的努力、深耕，让自己越来越值钱，这个"值钱"是可量化的，通过创造的财富去除以所花费的时间，就是单位时间的标价。

最高的选择权是——你就是权威

晋杭老师曾经分享过个人品牌的4个阶段：第一，自己说自己厉害；第二，有人说你厉害；第三，厉害的人说你厉害；第四，你说谁厉害谁就厉害。

这4个阶段说明：认可你的人越权威，你的品牌价值越大；而个人品牌的制高点是——你就是权威。

权威不是绝对的，而是相对的、在我们认知领域的。到达这个

阶段的人，已经拥有了绝大多数选择权，至少在所属领域，拥有绝对的话语权。

　　每个人的人生，都有无限可能。

　　你的边界在哪里，选择权就在哪里。

"和别人比"真的不好吗

"不要跟别人比，做最好的自己""不要跟别人不比，才能活得更轻松"，我们经常听到类似的话。

而事实上，我们会发现企业在排名、个人在排名……所有的优秀，都是比出来的。人就是这么自私和矛盾，当我们不够好时，才会认为不要比较；当我们足够好时，恨不得天天比较。

当你想要做最好的自己时，也许根本不知道"最好"的标准是什么。

每个人来到这个世界上，一定不是为了活得舒服，每个人都想要创造价值。

当你总是告诉你不要和别人比的时候，你是在进行自我催眠，你看到的世界只有你一个人，你不敢承认别人的优秀。

不比较，何谈最好。

人们的评判标准都是由认知决定的。当你生活在一个十八线的小县城时，你觉得有一份稳定的工作，有一个差不多的家庭就是最好的自己，因为在你的认知范围内，你是最好的。说白了，你还是在比较，只是没有把自己置身于更大的战场。

不爱比较，只是因为你不够好。

真正优秀的人，都在努力让自己更优秀，那些各国的首富，都在努力让自己成为世界首富。

有一件非常有意思的事情，曾经有一个团队业绩非常好，每次公司活动业绩都是稳居前三，团队长每次都会很自豪地把排名表发朋友圈。风水轮流转，后来她的团队业绩只能排在中等的时候，她再也不晒图了，更有意思的是她说："也不知道××怎么那么喜欢比较，每天的排名都要截图发朋友圈。"我说："当初你不也这样吗？"

所以，大部分告诉自己不要比较的人，只是害怕比不过。

让比较变成一种力量。

成长是痛苦的，比较是痛苦的，任何跳脱舒适的行为都是痛苦的。我们除了避开痛苦，还有一种更好的方式是用痛苦去突破和激励自己。

我其实是一个挺爱"比较"并且会把每一次的比较当成一种力量的人。我的成长，很多时候都是在一个个超越我的榜样和目标中实现的。

在这几年，我最关注的一张数据表就是总盘业绩占比表，这其实就是一种比较。我认为这种比较没什么不好，一张图，就能鞭策我继续努力，去变得再好一点。

看遍优秀的别人之后，再做最好的自己。

05.

第五章　好的沟通　让你发光

蓄势待发

成为更好的自己

表达和理解

人与人的沟通无非围绕两个词："表达"和"理解"。

说话每个人都会，但表达词不达意；听话每个人都会，但理解常有偏差。说话和听话不等于表达和理解，前者是本能，后者是本事。

带团队经常要处理团队成员之间的矛盾，所谓矛盾，其产生的根源是表达和理解有出入。我想表达的和你理解的截然相反。在外人看来，双方都有理，但双方都觉得对方有错。

出现这种情况，大致有以下3个原因。

第一，感性在前，理性在后。

人脑中有两个系统，一个感性脑、一个理性脑，感性脑会比理性脑勤快，所以当表达和理解时，通常都是感性脑先行。

感性会导致表达者说我想说的，聆听者听我愿意听的。

第二，立场不同。

立场会决定你看待一件事情的角度。

例如，一家企业整改政策，重新分配把更多的利润空间下沉，让利给更多底层员工。这个时候底层因利益增加而拍案叫绝，高层因利益削减而备受打击。同一件事对不同的立场人会有不同的影响。

在表达沟通上亦是如此，例如，父母总是跟我们说："你要多吃点，多长一点肉才好。"这个时候你一定会立刻抗拒："我才不要长肉!"

父母没错，他们站在"健康"的立场；你也没错，你站在"好看"的立场。

第三，思维模式不同。

黄执中说："脑子想得通，说话才能说通；说话说得通，做事才能做通。"

每个人的思维模式是不同的，跟意识有关、跟成长环境有关、跟思考方式有关……思维模式不同意味着无法同频，从而无法共情。

如何通过调整表达和理解提升沟通效率?

第一，换位思考。

沟通出现矛盾时，引导理性看待，试着站在对方的立场看待这件事情。

当一个人无法自行调整角度的时候，需要借助他人的力量，例如，"调解员""和事佬"这样的角色。

只有站在对方的角度，才能理解，才能谅解。

第二，反复对话。

乔布斯有一位好朋友，当他每次提出的观点乔布斯不认同时，他都会再过一周继续沟通，如果再次不同，会再等一周。最后，双方定会达到一致。

作为一位表达者，沟通时要先讲别人想听的话，再讲对方听得进的话，然后讲你应该讲的话，最后讲你想讲的话。

第三，求同存异。

在表达和沟通时，请允许别人和你不一样。

沟通时"对牛弹琴"是正常的，你要允许牛有牛的语言和沟通方式。最终两个人聊得来，靠的不是相同的话题，是相同的逻辑；两个人要聊得深，靠的不是相同的逻辑，是相同的认知水平。

人与人的沟通，不是说服，而是表达和理解。

表达中的"四给"

荀子曰："与人善言，暖于布帛；伤人之言，深于矛戟。"人们花了两年学会说话，但需要花一辈子去学会好好说话。

语言可以成就一个人，也可以毁灭一个人。你说的话落脚点在哪里，结果导向就在哪里。

小时候不爱说话，是因为害怕说错话，所以就选择不说；上课回答问题的时候，所有都会，担心表达不好，所以选择不回答；后来索性选了一个不太需要说话的专业，一学就是十几年。所以我的前半生基本在逃避说话这件事。

也许正是因为说得少，让我会有更多时间和心思去听别人说。在听的过程中我会去判断什么样的话该说什么样的话不该说，所以经常听到别人对我说："感觉你好像学过心理学，非常懂人性。"

听到晋杭老师分享的星云大师给佛光山定的"四给"信条后，让我对表达这件事又有了更深的理解：给人信心，给人希望，给人欢喜，给人方便。

表达不仅仅是说话或传达自己的想法，而是在说每句话的时候，能带给别人什么？当我们所有发心都在"给人"而不是贪求别人"给我"，便是慈悲喜舍、修行修心的开始。

第一，给人信心。

我爸是一个特别会给人信心的人，从小到大艺术生都是很花钱的，小时候我妈经常会说："你一定要好好学，你的学费都是其他孩子的3倍。"她想表达的意思其实是她很重视我，但我收到的信息是她为我花了很多钱。

每次说到这里我爸都会说："我们这叫懂得投资，别说3倍，我女儿10倍都值得投。"

第二，给人希望。

希望对很多人来说是往前一步的动力，甚至是继续活下去的勇气。

创业的这几年我遇到非常多濒临绝望的人，他们不缺任何东西，缺的就是有人可以点燃他们的希望之光。

曾经有一位创业失败负债100多万元几近抑郁的客户和她朋友一起找我，见面后她说了她的经历，她边说她的朋友就在旁边火上浇油："当初不知道你是怎么想的，那种生意都会去投，还好我没跟着你投。"

她听完更绝望了，我看到气氛不对，赶紧救场："那个只是学费，没有这笔学费我们也不会走在一起，以后你可以翻倍赚回来，曾经我也交过这样的学费。"

现在她成了我的团队中非常优秀的核心。

第三，给人欢喜。

人因欢喜来到人间。

要给人欢喜，就要给人真诚，而离真诚最近的，就是真心。你让人舒服的程度，决定你能抵达的高度。

记得几年前我们的一次活动上，有一位同行看到我的团队成员都又美又优秀，对我说："你运气真好，有这么多优秀的人跟着你。"有一位团队成员感受到了气氛的尴尬便说："优秀的人只会跟随比他更优秀的人，不只是运气好的人。"

第四，给人方便。

"给"看似利他，实则利他就是最好的利己。

当我们给别人方便的时候，给出去的终有一天会反馈回来。

给即是得，利他即是利己。

"智商高、情商也高的人，春风得意；智商不高、情商高的人，贵人相助。"

学会社交，先学会说话

表达已然变成了每个人的必修课，不管是工作中还是生活中，人与人之间的交流都是靠表达和理解来完成。

说场合需要的，而非自己想说的。

"在什么场合，说什么话"，你的每一次发声都应该围绕目标。

语言没有对错，只有是否合适。不同的表达放在不同的环境和场合，它的意思和价值也许完全不同。这也就是为什么在一些场合中，有些人说了不适合的话会不自知。

如何才能在正确的场合说正确的话？

第一，在每一个场合都要清楚自己的目标是什么。

第二，说每句话之前先问自己这句话是否对达成目标有帮助。

第三，跳出角色换位思考：如果我是听众，对这句话的理解是否会有偏差？

你的表达和他的理解有可能完全不对等。

有一次我的助理被经销商投诉，一位经销商发信息给我说："每次我问问题她都表现得不耐烦，以后我有什么事情都不想麻烦她了⋯⋯"

我看了一下她们的对话截图，那个就是她平时说话的习惯口吻，于是我跟助理沟通，她马上说："我没有不耐烦啊⋯⋯"我说："我因为了解你，所以我清楚这是你表达的习惯，但我们在跟别人沟通的时候，对方的感受和我们想要表达的可能完全不对等，我们的沟通对象是别人，肯定要以对方收到的为主，不然就是无效沟通。"

会说话，是最好的社交方式。

《蔡康永的说话之道》中说："你越会说话，别人就越快乐；别人越快乐，就会越喜欢你；别人越喜欢你，你得到的帮助就越多，你会越快乐。"

每个人的一言一行都透着他的人品、修养和情商，有时候语言的力量并非只是你当下说出来的那句话，而是你过往所有的人生积累和沉淀的显现。

会说话的人往往可以通过语言四两拨千斤，通过语言获得更多的机会以及实现社交中的影响力。

在这张巨大的人际关系网中，学会社交，先学会好好说话。

每个人都期待被关注

每个人都期待被关注，因为我要确定"我是重要的"，这是人们给自己设定的价值暗示。

比物质价值更重要的是情绪价值

一位经销商申请退款，她的上级找到我问我有没有办法把她留下。

后来我发了一条信息给她，告诉她："我可以帮你申请退款，在这之前你还能享受一次我给你的一对一沟通，电话或见面都可以。"

后来她因为要照顾家里的小孩，选择了电话沟通。了解完她想要退款的缘由，我才知道她并非真正想退款，而是想要通过这种方式引起我的关注。

我开始反思自己，在以后的工作中需要去关注更多的人，因为情绪价值带来的力量有时会大过物质，不管是正向还是反向。

价值是被看见的

我特别能够理解她的这种做法，这让我想到自己曾经有一段时间提交打卡作业，晋杭老师没有给我任何反馈，我当时心里就会蹦出一个念头，如果我跟老师说"我要放弃打卡"，他是不是就会关注我的作业了呢？这是当时非常幼稚的心理活动，我相信很多人都会用这种方式在不确定时去寻找确定感。

有一位非常有名的足球运动员，他每次进场的时候都会和每一位孩子握手，一个都不落下，记者问他缘由，他说："小时候我非常喜欢一位球星，喜欢到疯狂的地步，有一次他进场前与孩子们拥抱和握手，到我这里的时候直接忽略了，这件事情对我的打击非常大，因为我期待有同等的待遇。于是我告诉自己，当有一天成名后，我一定要做到认真对待每一个期待我关注的人。"

在相对平等中自我情绪独立

这个世界上没有绝对的公平，每个人的性格、磁场、能力、优秀程度注定会得到不同的关注。

在对待别人上，我们只能做到相对平等。而作为期待被关注的这一方，我们要尽量让自己的情绪独立，锻炼自己强大的内心，拥有自我供给力量的能力。

温度，是可以训练的

有的人天生很温暖，有的人骨子里冷冰冰，这个是本我的特质以及成长环境的关系所决定的。

"你太理性了！"

这是我经常听到的评价，虽然"理性"并非贬义词，但对应的就是不感性、没有人情味、不温暖……

当我意识到这一点的时候，我想要开始训练自己从"关注事"到"关注人"。

多跟有温度的人在一起

我一直认为，圈子可以影响一个人，所以我在过渡自己的圈子。以前我喜欢和跟自己性格很像的人玩，现在我身边的人基本是跟我互补的。

例如May，她是一个温暖牌的人，注重细节和仪式感，每个节日她都会用心给我准备礼物。而在她的特别日子，我没有任何准备，直接转账，并且告诉自己："送钱才是最实在的。"

这样次数多了之后，我开始有愧疚感，我觉得别人在很用心对我的时候我却很敷衍。于是我有意识地去分析和学习她如何跟身边的朋友相处。

从用脑到用心

理性是温暖的天敌，哪怕你觉得这个理性的人有温度，也一定是他的目标在主导他必须这么做，还是带着目的性的行为。

真正的感性是不给自己思考的时间，真正跟随自己的心和感觉。

以前跟每个人聊天我的每一句回复都要思考和过脑，现在开始跟一些人聊天我开始走心"秒回"，去训练自己说真正想说的话。

刻意训练自己的主动性

大部分理性的人，都是不会主动的人。

从前都是别人先找我，现在我会开始有意识地给自己安排任务：每天要主动找两个人沟通。

在这个过程中，我发现这个小小的细节用在团队中非常有力量，她主动找你解决问题和你主动问她有没有问题，这两种效果天差地别。

当一个人的被重视感被放大，底层的驱动力立刻呈现。

每个人都不可能完美，但每个人都能变得更好。

批评和建议

人们与生俱来就有一种能力，叫挑刺的能力，出于对自己的本能保护，所以我们既没有办法接受别人跟自己不一样，也没有办法接受别人比自己厉害。所以当一个人想要证明自己的强大、权威以及感觉自己的地位受到威胁时，就会使用一个工具——批评。

批评是一种看似强大，实则弱小的工具。

批评跳过了让对方先认同你的看法这个阶段，天然地默认了自己就是对的，没有给对方任何机会。

假设一个场景：在办公室，所有人都围在一起夸小A业务能力强，业绩好……

这时只要你说"你们都不知道她是怎么做到的，有必要这么夸吗"，所有人一定会停止夸赞，大家心里的潜台词是：你一定知道他们不知道的内幕。批评不管是用词还是语气，都会带有攻击性，让人产生某种力量感。但同时，批评也切断了更多沟通的可能性，这件事情也许就在你的批评声中到此为止了。

在孩子的教育中我相信很多人都深有感触，当孩子犯错时，家长就是批评，孩子最终只知道自己错了，他可能都不知道自己错在哪儿了，也不知道如何做才是对的。

建议，拥有真正强大的力量。

人们不喜欢给建议的原因是：建议需要思考，尤其是好的建议，更需要设身处地负责任地思考。

人，既不喜欢思考，也不喜欢负责。

建议就是让沟通还有延续下去的可能性。两个人聊天，最怕的就是把天聊死，而建议刚好是发散式可探讨的沟通方式。

跟员工沟通的时候，把"你做得太糟糕了"换成"你很棒，如果这里可以完善一下会更好"。

跟孩子沟通的时候，把"你怎么这么笨"换成"宝贝，你可以再思考一下是不是还可以这样呢"。

跟伴侣的沟通的时候，把"我们没法儿过下去了"换成"我建议我们换一种方式相处"。

……

如果说批评是指出毛病，那建议就是指出毛病后还给你对应的"药"。

换言之，批评专注于缺陷，建议专注于如何弥补缺陷。

多建议，少批评。

当想要批评别人的时候，把批评换成建议。

给他人建议的时候，首先要确定自己的建议在对方可承受的范围内。

其次，给他人建议的时候告诉对方："如果是我，我会这么做。"

因为每个人的决策环境和价值观不同，我们没有办法替别人做决定。这句话的言外之意就是，这只是我的选择，仅供你参考。

最后，想起李笑来的一句话："听大多数人的话，参考少数人的意见，最终自己做决定。"

理解一个人最好的方式，是成为那个人

我们站在自己的角度去评价别人时候，对方一定会说："你不懂，你又不是我……"

没错，理解一个人最好的方式就是成为他。生活中大部分误会和矛盾都是不理解引发的，不同的人看待同一件事情都会有不同的理解，这是由每个人的思维系统决定的。

就像我们之前看过的那个广告，丈夫无法理解妻子在家带孩子每天跟他抱怨，两个人经常因为这件事情吵架，于是妻子提议角色互换一天。

当丈夫体验完手忙脚乱不知所措的一天后，他终于理解了妻子平日里的抱怨，感受到了她的不容易，并且下定决心以后要对她好。

亲子关系也是如此，我们经常听到父母教育孩子的一句话就是："我这是为你好！"这时孩子多半会说："你们根本不知道我要的是什么……"

当家长只是以家长的身份去理解孩子的时候，总是以为自己把最好的都给了孩子；而只有当家长"成为"孩子的时候，才知道孩子要的到底是什么。

把这种思维用在演讲上，作为一位演讲者，我们在台上讲完让台下的观众没有感觉或者不能理解你的时候，其实是在演讲中没有设计让观众成为你的机会。

就像有一次，一位同学上台分享，她分享完她的故事后大家会觉得她很强势，也无法理解她的强势。后来她把演讲重新调整，铺垫好自己"为什么这么做"的理由，才让观众进入她的故事，并产生理解、进而共情。

理解一个人最好的方式是走近那个人，"成为"那个人。

旁观者

曾经，我们认为"当局者迷，旁观者清"中当局者之所以糊涂，是因为他身处这件事情当中，无法看清真相；旁观者之所以清，是因为他的视角维度不同，会更加客观。现在，我认为没有所谓当局者，只有利益被触碰者。旁观者之所以可以客观理性，是因为他们的利益没有被触碰或威胁。

你不是我，永远无法体验我的感受。

现实中，我们安慰别人的时候总喜欢说："想开点，这没什么大不了。"其实不是"这没什么大不了"，而是对你来说没什么大不了。

记得有一次和两个同行的朋友聊天，她们两个的关系是上下级，上级抱怨说："我们公司现在做出的一些决策太不可思议了，用霸王条款约束我们不能合作其他品牌，简直就是自毁前程。"下级马上接话说："其实公司也不容易，也许我在那个位置也会做这样的决策。"

当时我听完还觉得这个下级挺懂事儿的，懂得站在全局的角度看待问题。

今天，这位下级找我抱怨，她说："我们公司管理层脑子都坏了，总是设计一些条条框框来约束我们。"如今，这位下级所处的位置就是曾经她上级的位置。

不谈对错，只谈利益。

这是刘润老师文章里的观点，看完后特别认同。每个人都在自我的认知领域里，没有标准答案，也就不存在对错，唯一衡量的方式，就是只谈利益。当我们去表达观点对错的时候，对方是不会认同的，因为每个人都有反驳的欲望。比起对错，人们更在意的是自己的利益。

做一个"旁听者"，而不是一个"旁说者"。

我有一个朋友，她不是很爱说话，但是朋友真的很多。她身边所有的朋友，遇到开心的、难过的事情需要倾诉的时候，第一个一定想到的是她。

这个世界太嘈杂，喋喋不休的人也许会成为人群中的焦点，但在角落里安静聆听的人更是一种从容的力量。

当别人遇到问题找你的时候，他要的也许不是一个"旁说者"给他意见，而是一个"旁听者"给他力量。但有些人会习惯性地一股脑儿给意见，只为自己"好为人师"的快感。

我身边就有这样打着"为你好"的旗号喜欢乱给意见的人，例如，我准备上某个项目，她会告诉我一大堆风险；我认识新朋友，她说要小心别被别人忽悠……这种关心的背后，总是让人体会到不舒服。很庆幸的是，我是一个不容易受别人意见左右的人。

每个人都有属于自己的世界，你不是一个参与者，因此就没有资格成为一个建议者。

自嘲才是最真实和强大的力量

前几天，一位朋友发信息给我，她说："我觉得你最近变了。"我问："哪儿变了？"她说："你偶尔会自嘲了，让大家看到越来越真实的你，而不是完美无缺的你……"

曾经，我认为人就是该追求完美。

我的奶奶是一位老师，从小对我要求严格，因此我在人前总是小心翼翼，生怕出错。所以，在任何时候，我都会把自己最好的一面展示在众人眼前。

我很小的时候就开始跟在奶奶教的班里旁听，在我的记忆中，奶奶有一把非常厉害的戒尺，这把戒尺成了奶奶树立威严的工具，我记得我人生中第一次也是唯一一次挨打，就是我把一本书的每一页，都撕成两半，奶奶看到后火冒三丈，严厉地说："把手拿出来！"我乖乖地伸出双手，戒尺重重地落在我的手心，留下红红的印子。奶奶说："有出息的人只会写书，只有没出息的人才会撕书。"从那以后，我对书有了莫名的敬畏。

我开始变得特别乖，也因此习惯成了别人口中的好孩子，所有老师眼里的好学生，我更不敢出错了。原本我以为是自己不想让别人失望，是所谓追求完美，但其实，我只是没有勇气暴露自己的缺点，担心出错，担心自己没出息，担心别人不喜欢我。

"完美主义"，成为跟随我多年的标签。

不知从什么时候起，当问起别人对我的印象，一定会有"完美主义"这个词。

刚开始我觉得这个标签挺好的，完美说明我比别人好，当听到有人说"我觉得你很高冷""我有点怕你""我觉得你离我很遥远"……类似的话，我还沉浸在这种距离感中，我甚至把这种距离感当成领导力。

直到遇见晋杭老师，不管是朋友圈里还是课堂上，他都是一个无时无刻不在自嘲的人，可是为什么同学们没有因为他自嘲的那些点而不喜欢他，反而对他更加尊敬，甚至敬畏？

我不断剖析和反思：原来，自嘲才是最真实和强大的力量。

表面建立起来的所谓完美太脆弱，如果一个人长期处在保护自己"好印象"的小心翼翼中，最终会慢慢地丧失自己。

当我们学会自嘲，能够嘲笑自己的愚蠢和所做的错事，就是内心强大的开始……

真实，才是凝聚人心的力量。

作为一个观众，其实内心里是不喜欢看到台上的人是一个强者的，因为你越强，就距离我越远。

而如果你越弱，我就会越有心理优势，觉得你没有攻击性，愿意靠近你。

一位同学曾对我说："曾经，老师们都夸你的时候，其实我是讨厌你的，我第一次觉得自己不讨厌你，是看到你和你的团队核心在房间里坐在地上不顾形象吃宵夜的那一刻……"

她的这句话让我明白：原来我想呈现给大家的样子，未必就是大家想看到的样子。人们也许会欣赏一个完美的人，但只会喜欢真实的人。

在周国平的文章里有一段话："在伟人的生平中，最能打动我的不是他们的丰功伟绩，而是那些显露了他们的真实人性的时刻。其实普通人也一样，人人在生活中都有这样的时刻，而这样的时刻都是动人的。"

这使我相信，任何人只要愿意如实地叙述自己人生中刻骨铭心的遭遇和感受，就都可以写出一部精彩的自传，其价值远远超过那种仅仅罗列丰功伟绩的名人传记。

没有人喜欢一直高高在上，因为每个人终将走向人间，成为那个平凡而又独一无二、别人愿意靠近的人。

为什么我们不要做低感知力的人

人，分为低感知力的人和高感知力的人。低感知力的人除了反应速度慢以外，还有就是看问题更多停留在表层。

举个例子。当你和朋友在外面吃饭，这时你朋友问："你要吃米饭吗？"低感知力的人会直接回答："不要，谢谢。"因为他听到的就是他思考到的层面，而高感知力的人会想："他问我要不要吃米饭，是不是他想吃又不好意思动手，所以才问我……"他的回答可能就是："我在减肥，不吃米饭，你这么瘦要多吃一点。"对方听完就会觉得很开心，也能顺其自然地做接下来的动作。后面这类人我们会称作"高情商"的人。

有人会说："我天生就是这样低感知力的人啊，为什么一件简单的事情要想得那么复杂？"其实任何一件事情都会有无数种解读，高感知力的人脑袋就像是一个信息库，他会搜寻找到最适合当下沟通场景的那一条信息，以达到既能让对方舒服，又能高效沟通的效果。

低感知力在我看来对应的是低思考力，我们看一件事物简单是因为来自本能最舒服的反应，而人的思维长期不运转的话就像是机器长期不运转，是会生锈的，也会因此掉入惯性思维模式里。

低感知力的人无法感知情绪、风险和机会，例如，与人相处中可能自己得罪人也不自知；在工作中前面是悬崖也可能往前冲；在机会面前又容易错失……

不管是在我们的日常工作中还是在人际关系中，都应该训练自己，让自己拥有高感知力，从不同的角度思考，也许同样一件事情，你就会有不同的答案和收获。

衣　品

"衣品"，在我看来，是最直观表达一个人审美和气质的方式。

经常被问关于"如何穿衣"的问题，很多朋友开玩笑说："你做服装指不定比做现在的事业还要好……"这话不是毫无依据的，每次在公众场合，问我衣服的人确实比问我产品的人多。穿衣，在我看来掌握3个高段位要点就能自如地行走江湖。

对美的理解

"什么是美"，是这个世界上很难统一答案的一个问题。

美是标志、是精致、是回来做自己……通通没有错。就像我从来不会说我妈喜欢有花朵的衣服是土，她也不会说我喜欢黑白灰是没有生气，我们各自有对美不同的理解。妈妈的审美，也会吸引跟她审美同类型的人。所以，没有人是绝对意义上的衣品好或会穿，只是在各自审美圈子里，能否成为风向标。

也许是从小学艺术，长大喜欢翻一些时尚杂志，再到认识很多设计师，会看很多秀，在这个圈子里耳濡目染，自然会提高自己的审美，这是知识的积累；还有很大部分是来自实践的积累，每年花在"穿衣"这件事情上的成本，占了我支出的很大比例。

对自己的了解

很多人穿衣服，总感觉哪里不对，其实是对自己不够了解，没有根据自己的身材和气质扬长避短，找到真正适合自己的风格。

而一个人的风格会根据自己不同的状态、位置、场合做调整。

举个例子，我个人其实偏爱休闲和舒服一点的服装，但我的外表看起来会偏弱，所以这几年我的衣服大部分以气场型的西装为主，其实是有意在强化大家对我的印象，因此，现在的着装风格其实跟我所处位置有很大关系。

对自己足够了解，并且清楚自己的需求，自然就能穿对。

对服装的驾驭

很多人在挑衣服的时候会过度强调自己适合的风格，但其实，我认为穿衣最关键的是人对衣服的驾驭力，有驾驭力的人不能说穿什么都好看，但大部分风格都能驾驭，这里除了审美，更重要的是尝试的勇气，还有气场。此气场非彼气场，不是非得很厉害的人才会有气场，不同的人会有不同的气质能量，而我们需要有对这种能量的敏锐度和驾驭力。

经常被我的好朋友May嘲笑："你是我见过的唯一这么矮，还能驾驭各种风格的人。"

其实我也不是一开始就能穿大部分风格的衣服，也是在这几年，感觉内心真正能做自己的时候，这种驾驭力自然就出现了。

当然，一个人真正强大到穿什么都不重要的时候，那就另当别论了。

礼　物

一年有许多节假日，生活中有无数仪式感，如何送礼物，是值得我们好好学习的一件事，也是我一直以来最不擅长的一件事。

曾经我几乎很少送礼物，不是不想送，是不知道送什么、怎么送。不得不送的时候，基本都是用红包替代，因为在我看来：钱，什么礼物都能买。

经历了一些事情后，我开始对"礼物"有了不一样的定义，它不一定很贵，但一定要很贵重。礼物不重要，重要的是礼物背后的价值和故事，哪怕是一个普通的苹果，加上故事后都可以变成独一无二的礼物。

在公司的年会前，我一直在想要送什么礼物给团队最重要的核心。最后决定送给大家《演讲力》和《梦想永远不会太晚》。

在送出的时候我告诉大家，选定这份礼物有三重考量：

首先，这份礼物是大家买不到的。大家网上可以购买，但没有签名版。

其次，这份礼物是独一无二的。

最后，这份礼物是会升值的。一方面是看完书自己思维的升值，一方面是签名的价值会随着作者的身价和知名度的升值而升值。

我明显感觉到，当我没有说这番话的时候，大家觉得这只是不到百元的两本书而已，当我讲完这些，所有人都觉得珍贵无比……我想，这就是礼物的意义。

比起爱马仕，我更想创造故事。

去年公司年会，原本可以收到老板送出的爱马仕包包。在年会前，我跟他商量："能不能不要送我包，你把这些钱拿来预订我明年的3000本书，这会比送我包更让我觉得有意义，比起爱马仕，我更想要创造故事。"没想到他答应了，并且非常支持，他说："看来，送礼物也是要送到对方心坎里。"

前几天分享过一句话："同样一件事情，有的人吃力不讨好，有的人四两拨千斤。"这个逻辑同样可以用在送礼物这件事情上，当我们可以把礼物送到对方心坎里，才是礼物价值最大化。

礼物的背后，更多的是用心。

06.

第六章　大道至简　苦练基本功

蓄势待发

成为更好的自己

才华，是基本功的溢出

我们常说某人有才华、很幽默、高情商……这些其实都是表象。其底层，才华，是基本功的溢出；幽默，是智慧的溢出；情商，是用心的溢出。

今天就来讲讲"才华"。

看似天赋异禀的人，只是背后偷偷在努力。

这个世界上或许有天才，但少之又少。

刘薇曾经问过我一个问题："为什么你在群里的反馈总是思考得这么深刻，又与众不同？"

我跟她分享了3个点：

每次的分享，我都会看/听3遍以上。看/听到有灵感的时候立刻记下关键词，看/听完再做延展。

写完都会改3遍以上再发群里，尽量让每一个词都有它存在的价值。

每次看完好的公众号文章也会训练自己提炼3个点。

她说："我还以为你是天赋使然。"

我说："有一种天赋是天生赋予的，有一种是每天自己赋予的，我是后者。"

别人看到的是我的天赋，殊不知刚开始写的反馈我都不敢直接发到群里，甚至还要发给老师修改。

基本功不扎实，任何技巧都是徒劳。

记得小时候学习舞蹈，每天到舞蹈房就是练习压腿、擦地这些最基础的动作。

我问老师："这些得练到什么时候啊？"

老师说："基本功会伴随一个人的整个舞蹈生涯，你要把它当成每天要做的事，像吃饭、睡觉一样当成习惯。基本功没有练扎实，任何技巧都是徒劳……"

如果拿建房子来比喻的话，基本功就像地基，才华就是大家看到的各式各样的建筑。

前几天慧妍问我："你的签售会是怎么做的？我想在长沙我的母校也做一场，但现在毫无头绪。"

我给她大概梳理了一下前期要做哪些事情后，她说："你的思路真的太清晰了，难怪事业能做好。"

我不知道从什么时候起，大部分人对我的评价会是逻辑清晰。在几年前，我真的觉得自己是一个完全没有逻辑的人。后来我去复盘，大概是在这几年创业的过程中，我需要去给团队做总体规划和晋升规划，需要去梳理每年的目标和活动，需要不断去总结和反馈工作中的问题和建议……

这些我日常在做的工作，就是我日积月累的训练。当需要用的时候，它已经长成了我身上、别人眼中的所谓"才华"。

装满了，自然就会溢出。

很多人会想：我努力，真的会有用吗？我付出，别人真的会看见吗？

如果把人当成一个不透明的杯子，你可以往里面倒水、倒果汁、倒可乐……你想要展现自己身上的哪种特质，你就往里面倒什么。但不管倒什么，只要杯子倒满后一定会溢出，只要溢出人们一定会看见。

所以，不要担心自己的努力没有用，如果暂时没有用，那说明往杯子里倒得还不够多。

现实中很多人总是这个杯子倒一点，那个杯子倒一点，最终哪一个都没有装满。李小龙曾经说："我不怕会1万种腿法的人，但我怕把一种腿法练1万遍的人。"

先在一个领域把基本功练到极致，才华自然就来了。

你焦虑的不是知识，而是落后

我有一位朋友，最近总是不见踪影，我问她："你都在忙啥？"
她说："我每天忙着听课呢，买了一堆的线上课程。"我问："听了
这么多，有什么收获可以分享一下吗？"她说："学了总比没学好，
我身边大家都在学习呢！"

她表面看似是对知识的焦虑，实则是担心自己落后。

你不是爱学习，你只是假装爱学习

你一定有过以下的经历：买一堆书只是偶尔翻过、收藏的文章
从没有打开过、发到朋友圈的书压根儿没认真看过……这么了解大
家的原因是，我自己也是这样走过来的。

曾经看到身边优秀的人晒自己的书单，不管适不适合自己先买
回来再说，其实我们买的不是书，而是看完之后变得跟作者一样优
秀的愿望。

看到朋友圈有一些看起来似乎很有道理的文章链接，先收藏起

来再说，心想："文章中的道理说不定什么时候可以用上呢！"后来它躺在你的收藏夹里再也没有被打开过。因为真正能悟出来的道理装在我们思维里，而不是被封藏在你的收藏夹。

朋友圈看到别人晒自己看书，还能配上自己的感悟，看起来好像很高级的样子，心想："我也要让别人看到我是一个有内涵的人。"于是随手拿起一本书，翻到看起来比较有道理的那一页，拍下发朋友圈，而真正的内涵一定是内化于心，而不是外化于朋友圈。

从焦虑知识，到"焦虑"个人成长

学习不是攀比、不是跟风，也不只是一种形式。

学习或知识都不等于成长，学习带来的思想和行动上的改变引发的结果才是成长。一旦这条思维通道被打通，你关注的点就会从知识本身转移到"我能从这些知识中收获或感悟到什么"，最终你就不会因为焦虑而盲目去学习了。

知识的范围太广了，一个人没有办法掌握所有知识，所以我们要清楚自身成长的需求。

就像很多人问我："很喜欢你传递的一些观点，能推荐一下你平时看的书吗？"我基本不会直接盲目推荐，因为我选择的书是我自身目前需求的，可能不适合所有人看。我会根据对方想要成长的板块又恰巧是我自己受益了的书推荐给他。

知识大爆炸的时代，如何学习能让自己不焦虑？

当我们身处一个不进则退的社会环境，看到铺天盖地的学习热潮，看到身边的人不断在学习，看到自己好像没有成长……于是你越来越担心自己落后，难免引发焦虑。

缓解焦虑的方式就是让你的学习变得有效。

第一，选择性学习

有的人认为学习总比不学好，但我要说的是盲目学习不如不学，要根据自己的需求、领域和所处的阶段来做选择。

我个人的学习力其实不强，我没有办法什么都学并且什么都能学好，就像这两年，我学习的方向很清晰——就是奔着演说去的，所以我就集中精力学好演讲。

第二，碎片化+集中性学习

线上教育带给大家的是便捷和效率，因为大家可以用碎片化的时间集中性学习。碎片化学习不等于你刷牙也在听课、吃饭也在听课，甚至谈客户还在听课，这样听下来基本没有效果，因为我自己就曾经这么干过，这种学习其实只是一种自我安慰和敷衍。

既要碎片化又要集中性的意思是，把碎片化的时间腾出来只做这件事。

第三，持续性学习

当"终身学习"这个概念提出的时候，学习只是读书时代的事就已经结束了。

进入社会才是真正既要学习又要实战考核的开始，世界瞬息万变，持续成长才能以万变应万变。

成长绝非一朝一夕的事，所以当我们听完一堂课之后千万不要急着下结论说它到底有用还是没用，也许在你往后的人生中，你突然生发感悟的知识点就是从这堂课上来的。

有效学习之后，让知识内化，才能形成对抗焦虑的力量，这种力量叫作成长。

学习是手段，不是目标

前几天跟小魔仙聊天，我问她："你觉得为什么要好好学习？"

她说："因为要考好成绩。"

我说："那为什么要考好成绩？"

她说："以后就能考好的大学。"

我继续问："考了好的大学又怎么样呢？"

她说："大学毕业后可以找到好工作。"

我说："找到好工作是为了什么呢？"

她说："为了有更好的生活。"

……

跟她聊这一段是想引导她自己找到学习的目的，也让她明白：学习不是为了学而学，而是我们通往目标的手段。

关于学习，你需要知道：

第一，何为学。

学习是对未知领域的探索，通过吸收、模仿、创造去满足人类天然的好奇心和价值感。

第二，为何学。

学习绝对不是盲目，也不是跟风。

以前看到董卿每天阅读一小时的习惯，我曾经给自己订过一个目标：每天听一本书。为了完成"任务"，经常听到一半睡着。后来我发现，学习如果变成一种"凑数"，只会让自己陷入努力的假象中，盲目地感动自己。

第三，学为何用。

学习不是目标，它只是通往目标的手段。人们常常为目标设计手段后，误把手段当目标。

而所有手段，最终都是为了达成目标。手段和目标是有循环规律的，一件事情，既可以是上一件事情的目标，又可以是下一件事情的手段。例如，看书—积累知识—让自己有谈资，积累知识既是看书的目标，又是让自己有谈资的手段。所有手段，都是为目标服务；所有小目标，都是为大目标服务。

知识千变万化，思维才是打通知识的通道。

例如，我们看一本书，可能没有记住书里任何一段内容，但你会感觉自己打通了任督二脉，再去理解其他事情会有不一样的思考了，其实底层是你的思维被打通了。

如何把所学变成我所用？

我团队有一个群，大家每天会练习演讲打卡，群里都是因为合作事业项目走到一起的人，最后这个群的聊天对话框的内容，全部变成了每天大家的打卡内容，看到大家盲目地沉浸其中，我感觉有点不对，于是就跟群主沟通。

我说："你最初让大家练习打卡的目的是什么？"

她说："提升表达能力，帮助大家沟通。"

我说："现在群里大家变成了打卡而打卡，我们布置的任务大家没有去做，公司的活动节奏大家也没跟上，打卡是训练的手段，大家能做到每天打卡，能不能做到每天跟进一个客户，能不能做到一周做一场活动？"

当我们清楚我们所做的事情，背后都有一个更大的目标，也就不会陷入迷茫和盲目。

学会通过某个工具和手段去达成目标，变所学为所用，手段才会有它的价值和意义。

休息的本质，是从外界获得能量和信息

原腾讯副总裁吴军说："休息的本质，就是从外界获得能量和信息。"也就是说，真正的体力休息是换种方式获取能量，真正的脑力休息是换种方式获取信息。

我们为什么会累？

累的本质是消耗，就像是汽车没油了，它是跑不动的。人在工作和生活中，也需要定期加油充电，不管是体力还是脑力，这些力量支撑都是阶段性的。

昨天把小魔仙送去杭州机场，跟丹妮老师聊了几句，聊到上一期她们整个团队连续带了21天的课程，在这个过程中大家因为有信念支撑，看到孩子们的成长带来的开心也转移了部分疲惫，但当全部课程结束后，所有人都感觉精疲力竭……

这种感受大家应该都深有体会，我们上完某个课程、举办完某场活动，或进行完某个阶段的项目……结束之后只想躺够3天3夜恢复元气。

为什么会越休息越累？

工作累可以理解，但为什么休息也会累？

想到英国一位作家的名言："没有比刚刚度过假的人更需要假期的了。"

对体力劳动者来说，休息就是停止劳动，养精蓄锐，做一些可以补充消耗掉的体力的事情，以此获得新的能量；而对脑力劳动者而言，休息并非停止思考，而是增加新的知识输入，例如，去旅行。这里说的旅行不是去拍照打卡，而是真正沉浸式体验不同地方的文化、体会不同的感受，这时候一旦你的思维被重新激活，大脑又能恢复高速运转。

做自己喜欢的事，是最好的休息。

休息没有标准，每个人的方式都不一样，但相同的是，人们在做自己喜欢的事的时候，回血的效率是最快的。

我的好朋友May，她的休息方式是：给她一片沙滩和烈日，她就很满足。我经常说她是属太阳能的，充电一次待机一个月。

还有一个朋友，她休息的方式是：给她一座山和一片清净，她就能自愈。她自己常说，心累大过身累，而心累后最好的方式就是放空。

热爱是最好的加油站，我们常说，世界上有两种工作，一种是不得不去做的，一种是真正热爱的。当一个人可以做自己喜欢的事情，本身就是一种幸福，这种幸福可以让人忘记疲惫。

最后，希望每一个人都能在自己热爱的世界里电量满格，闪闪发光。

学习，我们到底该学什么

朋友说："我一直在学习，可是总感觉自己没学到什么，能分享一下你是如何学习的吗？"

我说："首先要确定的是，你不可能什么都没学到，可能只是你学习的结果没有呈现在你期待的事情上。每个人的学习方法都不一样，除了知道如何学习，也要探讨我们该学什么。"

分享一下我的学习习惯。

首先，规划学习。

学习的规划由事业规划、成长需求决定，例如，这个阶段你要学习企业管理，下个阶段你要学习演讲能力，再下个阶段你要学习组织架构、股权分配等，带着目标分阶段按需求学习，才会更有针对性。

其次，升维学习。

前两年，我上了关于管理的课程，每次课程老师都会问每个人："你来这堂课想收获什么？"有人说来学习管理团队，有人说来学习制定目标，有人说来学习经营模型……

到我的时候，我说："我想来学习如何给我的团队讲课。"

最后，实践学习。

学习完之后不管用哪种方式，必须实践，"以教为学"是最快速的成长方式。

记得6月我讲完课后，很多人问我："你怎么突然讲课就能讲这么好？"

其实哪是突然啊，在这堂课之前，我已经讲了十几场不同类型的演讲沙龙，还做了十来场线上分享，加上每天的打卡练习，才会有大家看到的"突然能讲"的状态。

学习到底该学什么？

大家可能会讲，学习不就是学知识吗？

没错！那什么才算是知识呢？

很认同万维钢对知识的诠释，他说："考试得了高分，不叫有知识，茶余饭后能高谈阔论，这也不叫有知识。这些场合下，知识虽然有用，但是这些知识都不太牵扯到具体的得失，所以只是智力游戏。只有当局势不明朗，没有人告诉你该怎么办，而错误的判断又会导致一些不良的后果时，你要是能因为有知识而敢于拿一个主意，这才算是真有知识。这不是在说，实用的知识才是知识，而是在说，只有当知识能够帮助你做实际决策的时候，它才是你的知识。"

从方法到方式、从情绪到态度、从经验到逻辑。

这些就是让自己上升一个维度来学习，就像演戏，除了好的演技，也需要导演思维。所以作为一位学生，也需要跳出仅仅是学生的角色。

方法和方式：

方法更多的是术的层面，这也就是为什么很多同学记了很多笔记，依然感觉自己没有收获。很多方法之所以是好的方法，是因为在正确的时间、正确的情景，正确的人用它，如果稍微换一个条件也许就不成立了。

方式除了包含方法，还有立场和角度，例如，我们的很多公式，它不会具体到每件事，但套进去都是通用的。

比起学方法，方式会让你更受用。

情绪和态度：

情绪每个人都有，而不同的是每个人对待情绪的态度。讲师如何用讲师的角色平衡好所有人的关系和情绪，这种掌控感可以用在我们的工作和生活中。

看到我曾经的一位老师写的一段话感触很深，他说："三尺讲台，绝不是借由教育培训之名来展示个人口才和理论道理的秀场，而是讲师用自己真实的体验与探底事实真相后给予学员触及内在的唤醒与行动的推动。师者要看到的不是一场培训和一堂课的事，而是要看见一个个生命渴望成长与蜕变的托付与信任。"

这份托付与信任，本身就是教育者的最大荣光与责任。

经验和逻辑：

所谓经验，就是别人经历和验证过的总结，所以它更多的是过去的、表象的路径。

而逻辑更多的是透过事物看本质，我之前分享过，获得一次成功的人，往往做其他事情也比较容易成功。不是他有经验，而是成功的底层逻辑是相通的。

学习无止境，成长无边界。

获得能力的能力

"我要如何学习，才能提高自己的能力?"一位朋友问我。

我说："首先你要清楚你想提升的是技能还是能力。"

技能vs能力

技能是把所学到的知识，通过练习来实践的能力，它一般用熟练程度来衡量，例如，车技。

能力，是完成一项任务和目标体现出来的素质。能力更像是一座冰山，既包含水面上的知识和技能，也包括隐藏在水里的思维、价值观和内驱力等。

能力是一个体系，没有架构的体系，终将崩塌。

所以在想要提升自己的能力之前，要先把底层的思维体系搭建好。

拥有获得能力的能力

刘润老师说："人生其实就是一种商业模式。这个世界上有一些人，一旦在某个领域获得成功之后，他几乎可以在任何领域获得成功。"

放眼望去，很多成功的企业家，他们除了有领导力，身上一定都具备其他很厉害的能力，可能每种能力展现出来都会让人望尘莫及，只是对他个人而言，他在企业上的光芒是最耀眼的。

如何拥有获得能力的能力

第一，先在一个领域做到极致。

在自己专业或擅长的领域下足功夫，用1万小时定律成为该领域前20%的人。

第二，总结出在该领域成功的逻辑，运用到另一个领域。

成功是靠逻辑而非方法，因为老方法也许导致不了新成功，但任何事情的逻辑是相通的。

第三，高效而可怕的勤奋。

不是勤奋，也不是可怕的勤奋，而是高效而可怕的勤奋。勤奋地做别人做不到的事情往往更容易成功。

比方法更重要的，是思想

我们都知道，做事情方法很重要，好的方法可以提升效率，但思想才是我们要重视的基本功。

昨天收到两条不同的信息，朋友A说："为什么你的文案写得那么好？有什么练习增添文采的方法吗？"

朋友B说："为什么你的文案写得那么好？你平时是怎么思考问题的？"

前者夸的是文采，后者认同的是思想。

于是我回答A说："没有什么特别的方法，多看、多写就会了。"

我给B的答案是："时刻保持大脑在思考，看问题的时候不要流于表面。平时无时无刻训练自己多角度思考问题，从深度上，它是什么，为什么，怎么做；从广度上，它还可以是什么，还可以为什么，还可以怎么做……思想，都是思考出来的。"

同样一件事情，两个人的关注角度和思考都是不同的。这可能跟他们现阶段自身的需求有关，也有可能跟他们看问题的层次有关。

就像我曾经写过的一条文案，朋友说："你的朋友圈每一条都是商机。"我说："你看到什么便是什么。"有人看到的是商机，有人可能觉得是商业，有人看到的只是商品。

不同的底层逻辑和思考层次，带来不同的行为，决定不同的结果。

人最有成就感的时刻之一，就是想到大部分人想不到的问题，看到大部分人看不到的视角，这种心流时刻，便是思想的高光。

很多人问我如何学演讲、学写作，我都会告诉他们，不管演讲还是写作，最重要的不是技巧，而是思考、是底层逻辑。如果只是一味地学习技巧，哪怕学得再好，都是空的，一击即碎。

苦练基本功，让自己的思想真正丰盈起来，让那些方法和技巧，变成加分项。

提　问

你提的问题决定你是谁。

那些真正善于表达的人，都是提问的高手。《跃迁》这本书中讲道："提问的能力，能看出一个人的深度思考，提问会倒逼你更新知识、深入思考，持续不断吸取和创造知识。"

一个好问题，才能得到一个好答案。而我们生活中常常会接收到一些问题，你听完压根儿就不知道对方的问题本质是什么。人们时常重于寻求答案，却忽视了提好一个问题。

爱因斯坦说："如果我必须用1小时解决一个重要问题，我会花55分钟考虑我是否问对了问题。"

几乎所有发明创造者的成果，都是从一个问题开始，当他们提出一个问题之后，就会去研究、验证、创造。

一个好的问题是开始创造的第一步

不管是牛顿被苹果砸中发现万有引力还是瓦特看到烧水的壶盖跳动发明蒸汽机，这些伟大的发明创造都是从一个好的问题开始的。

好奇是人的天性，当人们看到一些现象引发好奇心的时候，就会开始带着问题去深入思考。

普通人任由问题存在，高手善于抓住每一个好问题。

不要带着自己的观点提问

我经常会遇到类似的提问，比如："为什么她这么容易就能成功？""为什么我学了这么多都没有用？""为什么我们这座城市的人都喜欢安逸？"

之前刘润老师的文章中提到，当"为什么"后面加上观点的时候，其实是一支危险的注射器，会把对方带进你的观点里。当对方一旦围绕着你的观点来解答的时候，你根本得不到你想要的方法，对方给你的最多只是帮助你论证了你的观点而已。

例如，"为什么我们这座城市的人都喜欢安逸"这个问题，我接收到时就会带着提问者的观点来回答，我的答案可能是"因为家里条件都很好吧""因为周围环境的影响吧"……而提问者想问的问题其实是："我要如何让这些人有动力来跟我创业？"

可见，问题不对，答案白费。

深挖式提问

一个问题和一个答案往往只能解决表面的问题，真正的本质和系统需要不停地用深挖式提问才能解决根本问题。

每个人都会有习惯性自我保护意识，不会让自己一开始就暴露无遗，所以在沟通中的提问应该层层递进。

例如，销售沟通中挖掘客户需求的提问，只问一个问题很难了解到对方的真正需求和顾虑，拥有提问能力的销售会让客户逐步打开心扉，从而建立认知和信任系统。

事实和真理往往需要深挖才能得到。

学会问自己

大部分人的习惯是遇到问题第一时间求助而不是思考，求助得到的是帮助，思考得到的才是成长。

在做社群的过程中群里经常会出现无效提问，甚至有时群里刚刚讲完某个话题，问题随之而来，这种问题一看就是没有经过思考的。就如同我转发了一篇公众号文章，下面秒赞的那个人，她甚至连文章都还没有打开过。

不过脑的问题永远都是问题，不走心的赞永远都只是个赞。

优秀的人，都是会提问题的人；

顶级优秀的人，都是提对问题的人。

最后，借用《跃迁》中很经典的一句话："比终身学习者更有效的，是终身提问者。"

独立思考

每个人都是独立的个体，却很难拥有独立思考的能力。群居的人类，总是看起来不那么像"自己"。我们经常说到的"跟风""羊群效应""乌合之众"等，都是人丧失独立思考后带来的连锁反应。

知乎上有一个问题：为什么要独立思考？排名第一的回答特别讽刺，它说："因为别人告诉我们要独立思考。"

《乌合之众》中说："人一到群体中，智商就严重降低。为了获得认同，个体愿意抛弃是非，用智商去换取那份让人备感安全的归属感。"

人类天然的恐惧心理害怕被特殊对待，为了融入、接纳和被认同，人们更愿意选择随波逐流。不管是行为上还是思维上。

人们为什么不喜欢思考？

惯性思维

惯性思维跟一个人的原生家庭、成长环境和所受的教育有关，人们有时看似是在思考，实际上只是重新整理了一遍偏见。

人们判断一件事物的好坏总是依据自己的角度以及它给自身带来的价值。惯性思维包含了很多主观性，判断一个人也是如此，对我好的就是好人，对我不好的就是坏人。

思考是反人性、反惯性和反主观的

第一，用求知的思考过滤信息。

第二，在下结论前先问：为什么是这样？有没有更好的办法？

第三，最后用辩证的思考得出结论。

越底层，越本质

表面浅显的东西都能看懂，而真相和本质往往需要深挖。看事物看本质，遇问题往深挖。以此重塑思维的认知，跳出来思考，停止惯性思维，多换位思考，强化内在独立的主见，最终形成创造性思考的习惯。

当要解决一个问题的时候，如果没有思考，那问题将永远无法解决。

因为思考，所以不同

一个人的认知水平会决定思考力，而思考力也会推动认知的层次，放弃进步就是从放弃思考开始。

例如，在一个社群里，我们经常会看到有接龙式的复制，这类信息都是完全没有进行思考的，我们称之为灌水信息。一个信息有没有进行过思考，不仅会决定你是否会进步，也最终会决定你的价值。

人脑其实就像机器，如果长期在不思考的状态下，就会处在原有惯性的认知水平里工作。18世纪法国思想家卢梭曾经说过："人只分为两种，有思想的人和没有思想的人。"香水与香水的差别在于5%的香精不同，人与人之间的差别在于思维的不同。

没有独立思考，也就没有独一无二的你。

07.

第七章　守住边界　人间清醒

蓄势待发

成为更好的自己

没有回应的请求，就是拒绝

人们经常失望的原因是：我们总是喜欢去探底人性。

一位朋友最近在做戈壁徒步的众筹，他把链接先一对一发给了一拨他认为一定会支持他的人，结果那些人连一个字的回复都没有，他说："我甚至怀疑我的手机坏了……"内心五味杂陈，期待和现实的落差让他立刻产生情绪，他把这些没回复的人都删除了。我说："删除？会不会太狠了？"他说："金钱虽不是万能的，有时候却能检验两个人的关系亲疏。"

后来他把链接发到朋友圈，最终获得了228个人的支持，这些人里面，甚至很多都没见过面……

我不去评论这些不回复他的人，也许别人有别人的难处，当换一种方向思考的时候，既放过了别人，也放过了自己。

"沉默是金""不回答就是默认"……我们总是为自己的期待开脱，其底层是接受不了别人的拒绝。"我这么优秀，别人怎么会拒绝我呢？"这是我们收到对方沉默后的第一思维，然后主动替他假想答案。

这也是很多人在亲密关系中备受困扰的原因。另一个朋友，想要追一位男生，无底线地对他好，但丝毫得不到回应，旁观者都能看出来对方对她完全无感，所以大家劝她："你还是放弃吧！他不适合你……"她说："他不喜欢我就会拒绝我，没有拒绝，说明其实他是喜欢我的，也许他只是不喜欢主动表白……"

就像我们发信息问对方："在吗？"如果没有回应，潜台词就是"不在"，但人们往往要看到"不在"二字的回复才会见到黄河心才死。

换个角度，对方不回应，站在他的角度，是对你的不伤害。

在人际社交中，适度的"敏感"也许是一种识趣。

双重标准

何为双重标准？就是对待同类性质的事情，会根据自己的喜好或利益来给出截然相反的评判和标准。

而所有的双重标准，其实都是以自己为中心，利己是双重标准的唯一标准。只许州官放火，不许百姓点灯；严以待人，宽以律己。

身先足以率人，律己足以服人。

给大家列举最常见的几个场景，例如，父母边刷抖音边训斥孩子："你能不能好好看书，一天到晚盯着手机，怪不得没出息。"这时孩子心里一定在想："再没出息都是跟你学的。"

再例如，某电影票房几十亿元，某地地震后该电影导演第一时间捐了100万元，被许多网友吐槽他捐太少，说怎么着也得捐几亿元吧！而那些吐槽的人，自己又捐了多少？

人们总是习惯性去要求别人，而放过自己。可是当自己都做不到时，又有何理由去要求别人做到呢？别人一句"你自己做到了吗"就足以让你无地自容。

例如，打卡这件事，之前看到我团队的人频频因踩点失误，当时每次都想要跟他们说："你们千万不要踩点打卡。"但每每话到嘴边未脱口而出，是因为我会问自己："你自己有做到吗？自己都踩点又有什么理由说他们呢？"所以最终也没有底气说。但是当自己做到之后我不用说他们，他们也会努力向我靠近。

双重标准的唯一标准就是自己的利益。

我准备写这个话题时刚好在跟一个朋友聊事情，我就顺带问她："你有遇到什么关于双重标准的事情吗？"她说："这个世界上哪有什么双重标准，双重标准的人唯一的标准就是自己的利益。"

她是一位团队主管，她说她身边总是遇到一些同行，自己的素材打上满屏的水印，生怕别人拿走，但一边又拿着别人的素材用，并且经常在朋友圈儿像个愤青似的喷同行炫富，当她自己的下级也各种晒的时候她的画风完全变了，这时她表达的是她的团队多么努力。

当拥有利益这条纽带捆绑时就是"自己人"，怎么做都是对的；当设想别人会触犯到自己的利益时，怎么着都是错的，这其实是人性。

爱是没有标准，不爱是双重标准。

有一个朋友前不久和她男朋友分手了，两个人在一起五六年最终说散就散，不管她如何挽留都没有回转余地，他说："你太黏人了，事无巨细都要管着我，我已经无法忍受了。"

一个月后她的前男友朋友圈出现了和他新女朋友的亲密合照，配的文案大概意思是："谢谢你出现在我生命里的每一分每一秒，以后我的一切都和你有关。"

　　多么讽刺和现实啊！同样是"黏人"，一个是甩之不去，一个却是求之不得。

　　当一个人爱你时，会因为你变得没有标准，双重标准的出现，只是因为不爱了……

栏　杆

　　记得在塞班的时候，走到了一处悬崖拍照，那里的视野非常好，可以俯瞰大片海域。我站在那里拍了很多张照片，拿过手机看没有一张满意，因为感觉整个画面都被旁边的栏杆毁了。我跟朋友抱怨说："本来这里可以拍出大片，因为这个栏杆全都变成游客照的感觉。"朋友说："这里是悬崖！没有这些栏杆你就掉下去了，没有这个栏杆这里会多死很多人。"

　　没错，在危险或者困惑抑或是成长面前，我们都需要一个栏杆。栏杆的作用是提醒、保护和鞭策。昨天看到《奇葩说》最新的一期辩论，辩题是："伴侣一心想做咸鱼，你要不要鞭策她（他）？"罗振宇老师把"鞭策"比喻成每个人人生中无处不在的栏杆，当你觉得鞭策让你有点不舒服的时候，它其实是在把你从安逸和危险中拽出来，让你成长。我认同这个观点，就像我拍照时会觉得栏杆很碍事儿，但是如果没有它，也许我就离"危险"近了一步。

　　在小时候，父母是我们萌芽路上的"栏杆"，他们的唠叨我们听了可能会很不耐烦，甚至会想逃离他们的管控，但他们过来人的经验让我们少走了多少弯路；上学的时候老师是我们成长路上的"栏杆"，他们的知识灌输让我们觉得很乏味，但没有那些知识的叠加，我们就不可能变成今天的我们；创业路上的"栏杆"可能是你的合作伙伴，他们群策群力提醒你怎么做会更好；可能是你的竞争对手，他们鞭策你一直勇往直前……

有人跟我说过，生命的过程就像是在建一座城堡，你的地基必须打牢，你添加的每一块砖瓦都有它的使命，最终你搭建起的这座城能容下多少人在于你有多大的承载力，这座城最终能存留多久在于你建它的初心。而这一节节栏杆为你的这座城建起了最安全的"护城河"。在你急流勇进的时候，是它们在时时刻刻提醒你、保护你、鞭策你……

我在，比我能更重要

朋友婚礼，主持人讲了一个故事让大家特别感动，他说他曾经问过新娘："你为什么选择你先生？"她回答："因为他真的对我很好，他从来不会说他能为我做什么，但只要我需要他的时候，他都在。"

我在，比我能更重要。

你能不能是你的事，你在不在才是我的事。

"能"是一种能力，"在"是一种行为，能力需要用行动产生价值。

今天上午去机场之前，很巧的是两位朋友说要送我去机场。

A说："你几点出发？我一会儿让司机送你。"

我说："不用了，太远了！我自己叫车去比较方便。"

"那你自己路上小心点啊……"

B说："一会儿我过来接你，你12点出发就可以。"

我是个超级不喜欢麻烦别人的人，我说："不用了，你那边过来太远了，我自己去就行。"

　　来回拒绝了3次，中午11点50分收到信息："我到楼下了，我上来帮你拿行李。"

　　我说："不用了，我自己可以拿……"

　　我走到电梯，门打开，他已经站在那里。

　　靠谱的人，从来都是做的比说的多。

　　一件小事，足以看懂一个人。

　　所谓安全感就是：你需要的时候，我都在。

　　我经常对我的团队说："你们不要害怕麻烦我，只要你需要的时候，我都在。"

　　经常有人问我："你为什么每天都这么晚睡？"

　　在刚开始创业的时候，晚上要处理客户的问题，并且每天都需要跟团队沟通开会，和大家一起想办法开拓市场，他们经常凌晨遇到问题要及时处理，所以就养成了熬夜的习惯。他们会说："不管几点找你，你都在，跟着你特别有安全感。"

　　与其问别人"我能为你做什么"，不如先把事情做了再说。

像什么比是什么更重要吗

在一次经销商聚会的饭桌上，一位核心说："看到创始人，再看到我们的整个团队，一看就是做高端业务的，不像其他团队，自己看起来都不像做这行的，果然像什么比是什么更重要……"

听到这句话，我立刻打断她，我说："像什么很重要，但是什么更重要。"我说："喜欢一个人，可能他像什么就够了；但爱上一个人，一定是他是什么。"

人们有一种天然的自我保护意识，在不熟悉不确定的人面前，往往会展示自己最好的一面。这就是为什么很多人在相处久了之后会说："你怎么变成这样了？"

其实不是他变了，而是这才是本来的他，你只是被他的"形""骗"了。

像，只是"形象"像；是，才是真的是。

我现在很怕重于营销和包装的东西，我觉得事物的本质，哪怕现实中没有那么完美，也比那些被浮华外壳包裹的平庸要好。

现在的社会，知道一个人的成本越来越低，而了解一个人的成本越来越高。就像我分享的一个话题：有什么的人他不一定是什么，他只是看起来有什么；而没有什么的人也不是真的没什么，他只是看起来没什么。

我去学校讲课，我朋友说："你千万不要说你是学舞蹈专业的，不然学生们对你的认知都是舞蹈专业的。"

我说："那我就要放大这个点去说，让大家开始对我没有任何期待，听完之后让他们内心哪怕会改观一点点：这好像跟我原本印象中的舞蹈生不一样哦。这种画面是我希望看到的……"

今天院长又发信息给我说："很多同学问什么时候还能再听到你的课。"

比起看起来像创业导师，我更期待的是我的课程是否真正带给学生们启发和帮助。

永远要用"复购"的标准，去经营别人对你的每一次信任。

长期来看，是什么比像什么，更重要。

边　界

　　边界，就是让你的事归你，我的事归我。与人相处要有边界感，才会让双方感觉舒适。

　　第一，降低对别人的期待。

　　把"理所当然"变成"额外馈赠"。

　　举个简单的例子。婉琴老师给私董赠送股权的时候，3月9日之前加入的私董赠送5万股，之后赠送2.5万股，我是在去年4月6日生日那天加入的。我的第一反应是："好亏啊，只差了不到一个月，股权差一半，而且我的核心团队比很多人都多……"

　　当我这样想的时候，内心是不开心的，后来我告诉自己："不对啊，作为制定规则的人，哪怕只差一天也可以不给的，这2.5万股，也是婉琴老师额外给我们的……"

　　第二，要有趣更要识趣。

　　我们经常说要做一个有趣的人，但很多时候，识趣比有趣更重要。

　　识趣的人通常都是高情商且善于观察。我记得很久以前，有一次下午我约了客户来公司，真的很奇葩，她和我一直聊到晚饭时间，我准备结束聊天："改天请你吃饭，今天实在不好意思，和朋友早就约好了……"她说："你不介意的话，我可以和你的朋友一起……"

当时的场面无比尴尬，如果拒绝，她尴尬；如果不拒绝，我尴尬。

庆幸的是当时另外一位朋友立马圆场："今天我刚好有空，我请你吃饭，改天我们大家再一起聚。"

第三，要守位但不要越位。

"越位"这个词最近频繁听到，其实不管是家庭关系还是合作关系中，都会经常遇到。有太多人分不清所谓边界感，打着为你好的旗号干涉你的选择。

愿我们时时记得：管好自己，放过别人。

学会拒绝，才能做自己

如果要问我这几年最大的收获是什么，一是学会演讲，二是学会拒绝。

在过去，除了感情会干脆利落地拒绝，在面对别人的请求和要求时，不管我的内心多不情愿，都会先答应再说。从答应完再到兑现的过程特别痛苦，一边是自己的承诺，一边是叛逆的内心。

不拒绝的背后是怕失去。

小时候我的成绩一直是班里前三，那时的我特别内向，只跟班里成绩好的两个同学一起玩儿。有一年暑假临近开学，我们班的学习委员来我家玩儿，并且带上了她的暑假作业，她问我："你的作业都做完了吗？"我说："早就做完了。"她说："借我看一下，我还有几篇作文没写。"我说："作文写一样的老师一看就知道是抄的。"当时年龄小，她说了一句小孩儿很爱说的话："你不给我看我就不跟你玩儿了。"

本来就没有朋友的我听到这句话后，心不甘情不愿地把作业塞给了她。结果就是老师发现我们的作业一样，两人同时被罚。

作家陆琪说过一段话："人们都以为，帮人才有力量，而实际上，拒绝是一件更有力量的事情。学会拒绝，别人才知道你的底线，才明白，哪里是可以欺负你的，哪里不可以。"

拒绝，需要不在乎的底气。

我经常反思自己为什么面对情感和违背"三观"的事情会天然地懂得拒绝，因为面对不在乎，就会有底气。

相反，面对在乎，就没有底气拒绝。

在生活中，太在乎别人的感受，当我把对方的期待看得重于自己的感受，那么就会在脑海里浮想一连串拒绝带来的后果。事实上，有时候我以为是对方在期待，其实是我自己太在乎。

懂得拒绝，才能活出真正的自己。

做自己看似很容易，却需要摆脱利益的捆绑、道德的束缚和理所当然的压力。

拒绝也是一种取舍和放下，懂得拒绝的人选择的是跟随自己的内心。

跟随自己的内心，过属于自己的人生。

我们该不该晒

曾经在朋友圈发了关于"该不该晒"这个话题之后，没想到一片火热，收到了很多信息，"我很纠结到底该不该晒""我不知道如何晒""晒能带来什么"……

没有人不在晒

没错，每个人都在晒，不管你承不承认。

在我看来，"晒"并非贬义词，人类最开始都是靠"秀肌肉"得以生存和繁衍。如果不喜欢"晒"这个字，可以换成"展示"，展示能力、展示才华、展示优势、展示价值……

不管生活还是工作，每个人、每家公司，甚至每个国家，都用不同的方式展示自己，一方面保护自己，一方面才能获得社交机会和价值。

举个例子，当你去应聘的时候，是不是恨不得把自己有的没有的专业、特长、才华全都展示一遍？当你去谈判的时候，是不是要把企业实力、文化、价值观都展示一遍？甚至相亲，你不晒的话可能连对象都找不到，只不过有人晒财力、有人晒彩礼、有人晒才华。

"晒"你最想呈现的样子

这句话用来回答不知道如何晒的人，其实每个人晒的时候，都是在建立自己在别人心中的形象，打造自己的人设。所以，你想成为什么样的人，就往那个方向去靠。

例如，我的朋友圈会大致分为3个阶段：刚开始创业的时候，我需要大量客户，我的人设就是专业的带货达人；后来我开始带团队，那时我的人设就是创业领袖；到现在我觉得我在努力成为自己，我希望自己表达的观点和传递的价值观可以真正影响到别人。

所以我的朋友圈也在随着自己想呈现的样子调整。

经常有一些新人喜欢复制粘贴我的朋友圈，都会被我骂，我说："你发我现在发的东西，对你来说一点帮助都没有，你甚至可能一个订单都接不到。我是经过前面那么多年的铺垫和调整，才成为现在的我。

你也一样，你需要先走好前面的路。"

"有什么晒什么"和"越没有什么越晒什么"

在我看来，"晒"分为两种：有什么晒什么和越没什么越晒什么。

两者都是为了目标服务。

不同的是，有什么晒什么的人是真实的展示和呈现，他们一切围绕目标服务，不会给别人带来欺骗和伤害。

而越没什么越晒什么，第一是为了满足自己的虚荣，第二是通过捷径达到目的。

你可以晒，但不要虚荣；你可以晒自己，但不要欺骗别人。

及时止损

"当方向错了，停下来就是进步。""止损"二字的智慧，不仅能够渡劫，关键时刻还能救命。而现实中多少人都硬着头皮在泥潭里越陷越深，因为做都做了、因为时间都花了、因为婚都结了、因为钱都投了、因为不甘心……没错！人生中90%以上的不幸，都是因为不甘心。

如何判断是否要及时止损？

人生最悲哀的，莫过于用最高效的方式去做错误的事。有时比坚持更难的，往往是停下来……

这个世界上大部分的东西通过努力都可以得到，如果中途得到了你不想要的，记得丢弃，否则你最终会忘记自己要什么。

经济学里有一个词叫作"沉没成本"。

当你花了50元买了一张电影票，看了10分钟后发现电影不好看，这个时候你是选择继续留下来还是离开？选择留下来的都是想："来都来了，钱也花了，怎么样也得看完吧，不然钱都浪费了。"而事实上，沉没成本是已经发生的历史成本，你的决定不会改变它。也就是说你留下或离开这50元都已经是不可改变的成本，但如果还得花1.5小时把不好看的电影看完，将会增加时间成本的投入，最终损失更大。

昨天晚上一位一年多没见的朋友来到我家里，聊了半小时后问我能不能借5000元给她，刚开始我以为自己听错了，在我的记忆里她的经济情况一直都很好，怎么会沦落到需要借5000元？

后来她告诉我她丈夫去年一直在投资一直亏钱，家里的财产该卖的都卖了，她丈夫心有不甘，她也一直纵容，抱着赌徒心态认为迟早还可以赚回来，结果变本加厉负债累累。最近她丈夫因心脏病住院让她彻底醒悟，她不能再纵容了，她需要及时止损，并且自己要拥有赚钱的能力。

生活中太多类似的鲜活例子，最终赔得人财两空。

如何做到及时止损？

第一，设置好自己能承受的损失底线。

清楚自己的损位在哪里，在面对沉没成本选择的时候，才能有勇气放弃和止损。

第二，学会"认怂"。

大部分的不幸都来自不甘心。

当我们认知到自己错误的决策和行为时，学会认怂，与自己和解，承认自己也有错误的时候，才能避免一错再错。

很多时候我们明明知道一件事情继续下去的损失，但横在损失之上的是该死的面子。例如，婚姻里，害怕被贴上离婚女人的标签一直隐忍的人；例如，工作中，守着表面光鲜的铁饭碗不懂变通而错失机会的人；例如，企业决策中，因不甘心放弃自认为对的但事实上一直在错误方向的人……

　　学会"认怂"，一个简单的放下，也许你才会有从万丈深渊上岸的机会。

　　及时止损就是学会退而结网，而不是鱼死网破。

感性和理性

"我发现你超理性""逻辑思维特别强""太独立了"……这是我近几年经常听到的反馈。没有人是绝对意义的理性，只能说理性占主导。因为理性与感性时刻并存于我们的意识里，理性是指做出某种反应时会依据环境、规则、道理，而感性则依靠于情感偏好和情绪状态。

理性在我们的工作中会更容易做出决策和判断，而不会那么容易冲动。

理性是在情绪到达之前，认知先行。并非放大理性的好，但凡认知，都有局限，当这个局限限制了理性，又欺骗了感性，也许最终会事与愿违。

感性无法用理性来度量

唐代一位禅师在参禅中悟出了人生的3层境界：

第一，看山是山，看水是水。

第二，看山不是山，看水不是水。

第三，看山还是山，看水还是水。

人生就是从本我到自我到无我的过程。

今天被一位同学的打卡视频讲的一个非常小的故事触动了。

她说："你不快乐的每一天，其实都不属于你。"接着她说，曾经有一次她在家里练习力量，这个时候她的先生抱出来一个大西瓜，他说："看你每天这么努力练习，你信不信你的力量现在可以徒手劈西瓜？"她假装很配合地用力一"劈"，西瓜真的被劈开了。后来女儿偷偷告诉她："爸爸在西瓜底部做了手脚。"一件很小的事，让她感动不已，并且能记这么多年，因为她会放大快乐，在她看来：这是爱的托举。

这件事情如果用理性来看待，可能是小小的欺骗，可是换成感性角度，是满满的爱。

理性无法用感性来替代

人们在成长成熟的过程中，持续刻意训练自己的理性思维。因为我们越来越需要具备逻辑分析力和做事的执行力。

理性和感性是矛盾融合体

例如，当你感觉自己很累了，感性的你会想要放弃工作，理性的你会说服自己坚持下去。

例如，当你在写作没有灵感时，感性的你会把你的注意力带走，而理性的你会要求自己完成。

例如，当面对亲情和利益时，理性的你想要争取利益，感性的你会不断放大爱。于是你会在感性和理性中不断斗争和选择，最终留下自己想要的思维主导方式。

　　面对工作，我们应该如何去调整自己的理性和感性思维？

　　在工作中把理性用于业务流程，把感性用于体验流程。这种分配方式既能价值最大化，也能情感最大化。

　　身披铠甲，我们是理性主导的"智者"；卸除装备，我们是感性主导的"愚者"。智者自愚。

工作、自我克制和爱

作家罗曼·罗兰在《托尔斯泰传》中写过这样一句话："真实的、永恒的、最高级的快乐，只能从3样东西中取得：工作、自我克制和爱。"

分别说说这3种快乐，首先是工作。

对待工作的态度，我们应该学学稻盛和夫，他的"付出不亚于任何人的努力"、他的"只有极度认真工作，才能扭转人生"、他的"带着敬畏和爱去工作"……才让他带着濒临破产的企业扭亏为赢，并且创造了两家世界500强企业的神话。

说到工作，大部分人会认为它是任务、是换取物质的手段，可工作从成年开始便伴随我们一生，何不把它变成最真实的快乐。

这时你会有两种选择：一种是"从事自己喜欢的工作"，另一种是"让自己喜欢上工作"。当你拥有选择权的时候，选自己足够热爱的，因为热爱是最好的驱动力。当你没有选择权，那只能改变自己，爱上你的工作。

其次是自我克制。

很多人会想：克制自己，哪里会有快乐？

王阳明说："人须有为己之心，方能克己；能克己，方能成己。"

人需要有一颗检讨自己的心，才能克制约束自己的欲望；能够克制约束自己的欲望，才能成就自己。

克制是隐藏小我，看见大家；是放下自私，追求无私；是抛开眼前，聚焦长远。延迟满足的故事相信大家都有听过，那些真正能成大事的人，都是会自我克制的人。

放肆会带来一时的快乐，克制才能拥有永恒的快乐。

最后是爱。

爱是这个世界上最高级的快乐，一个内心充满爱的人，快乐是藏不住的，哪怕闭上嘴巴，也会从眼睛里溢出来。

当我们看到一个人状态很好时，一定会问他："你是不是最近恋爱了？"当我们看到一个人状态不好时，也会猜他是不是失恋了，所以爱会决定你快不快乐。

某微博大V曾写过一段话："我觉得所谓一见钟情、怦然心动，都是很廉价的东西。我觉得情侣之间最大的浪漫，就是结成利益共同体。成为利益共同体，为了相同的目标而拼命，这远比爱得要死要活更难得。"

爱大概是这个世界上最美好的存在，除了爱情，还有爱自己、爱众生。

真正的快乐不是追求而来，而是一直都在。

大多数强者，往往是弱者

在一个群里看到大家在讨论《奇葩说》的辩手，每个人都在说自己支持和认可的人。

这时，有一位朋友说："我最喜欢的是邱晨和席瑞。"另一个声音马上接话说："我觉得还是席瑞厉害，每一场都能看到他的成长；而邱晨从一开始就是这么厉害，感觉没什么进步……"

我就在思考，如果"厉害"有标准的话，哪怕邱晨和席瑞目前的"厉害"在同一个标准，大家也还是会觉得席瑞厉害，因为他的厉害是动态的。

人们不喜欢一出场就很厉害的人，仿佛这些人的厉害都是与生俱来，大部分人都喜欢逆袭的故事，也就是一个起点不高，但在你的见证下，变得越来越好的人。

于是，我就在想：对那些看起来天生就比较厉害的人公平吗？在回答这个问题前，我们要知道：这个世界上有天生就很厉害的人吗？

答案是：少之又少。

　　我们看到的那些看起来天生就很厉害的人，都是在别人看不见的地方努力而已，他们只是不会在人前喊苦喊累，把最好的一面留给大家。因此会给大家一种错觉：他的成绩，是与生俱来或轻而易举得到的。

　　在这种错觉的瞬间，这种分量感就被拉低了。

　　回到关于公平的话题，这个世界本身就没有绝对的公平可言。那些看起来是强者的人有时候反而是弱者，因为他们什么都很好，因此，理所应当的世俗绑架让他们得到一些东西可能要付出别人的百倍千倍代价，而那些看起来什么都没有的人，反而容易得到一切，只因为他们什么都没有，也就不能再失去……

　　这套逻辑可笑又可怜，可笑的是，人人都想成为强者；可怜的是，强者在大多数时候，反而是弱者。

　　"她比你更需要我，因此我不能离开她""他比你更需要这份工作，因此我把这个机会给他""他比你过得更艰难，你就让一下他"……这些场景在生活中再熟悉不过了。

　　大多数时候，当你成为要让别人的人，其实你已经输了。

08.

第八章　人生幸运　烟火幸福

蓄势待发

成为更好的自己

幸福不只是幸运

什么是幸运？当你跟中了彩票的人比你是不幸的，当你跟生活在水深火热中的人比你是幸运的。

什么是幸福？有人说幸福就是有爱你的人、有花不完的财富、有自己想要的事业成就，也有人说吃好喝好平平淡淡就是幸福……在我看来，幸福就像是尾巴，你一直在追赶，其实一直都拥有。

幸运是一种运气，幸福是一种能力。前者向外求，后者凭己力。幸福等于幸运吗？并不是。幸福力是哪怕只有零星好运，你也会创造出布满天空的惊喜。因为你明白：你是一切的根源。你是朵花，才觉得春天会离开你。如果你是春天，就永远会有花。

很多人问我说："你为什么从来对身心灵的课程不感兴趣？"并非否认这一领域，我也确实见证过有一些人被治愈的案例。我不去上这类课程的原因是：我一直在自我的意识里觉察自己，我的生命里从来都不是只有一个人，而是允许不同的自己出来对话，然后靠自己的自知和自觉让哪一个自己呈现出来，我把这个权利交给自己。

知足者幸福

《道德经》里说："知足者富。"我要说："知足者幸福。"

知足并非安于现状或没有追求，而是对已经拥有的一切表示感谢。"自己"其实是个孩子，每个来之不易的成绩都要给予肯定和奖赏，在鼓励中长大的孩子才不会一味地被欲望牵制或吞噬。

没有谁会觉得自己已经够有钱，哪怕是世界首富；没有谁会觉得自己已经够成功，哪怕是看起来最成功的企业家。但是我们可以决定自己是否最幸福，因为这个决定按钮在每一个人自己手上。

幸福既是得到也是给予

得到是被满足的自我价值，而给予是被需要的自我价值。

在生活当中我们会发现，你捐出一万块给需要的人的幸福感不亚于你赚到这一万块时的幸福感。

因为此刻你的幸福感已经从"外界如何满足于我"转换成"我可以给别人带去什么"。

大多数成功的企业家最终都是慈善家，当财富在"获得"里到达了一个临界点，就需要从"付出"里实现平衡的自我价值，达到"超越本我"的幸福力。

幸福在于记住每一个心流时刻

我发过一条朋友圈：最近总是能进入心流或超流的状态，那是离自己最近的时刻。

小孩玩乐高可以玩一天，因为在他的世界里没有其他事务去打扰，他可以100％把自己交付于这个游戏中。一个大人很难专注于一件事情达到100％与意识里的那个自我合体。当拥有这种时刻，那便是"心流"时刻，这种幸福叫作：不被打扰的专注。

幸福没有标准，它是内心的察觉，保持和自己的对话，你随时可以决定要不要按下幸福按钮。

回家吃饭

我是一个对吃比较随意的人，随意到如果问我爱吃什么，我可能答不上来，除了不爱吃的，其他都可以。对于吃，我特别怕麻烦，除去应酬，我从不会为了特意吃一顿饭，去超过半小时车程以外的地方只是吃一顿饭。

有一次，妈妈发了一条朋友圈：女儿最近一直出差，没日没夜地工作，忙到半年没有时间回来吃饭了。你虽然不说，但是你的工作压力和精神压力，只有妈妈懂你，心疼你……

昨天晚上我看到这条信息，加上前天吃饭看到牛肉汤这道菜，让我想起了我妈妈做的牛肉汤，才是全世界最好吃的。

工作以后，除了过年过节或者有正事儿一定要回老家我才会回，平时更多时候是爸爸妈妈过来看我。今天一大早起来，我决定花3小时往返车程回妈妈家，只想陪她吃一顿饭。

在妈妈心里，我做饭给你吃，是对你最好的爱。

我们从来到这个世界上的那一刻起，每一位母亲给予孩子的第一口喂养，就注定了这个女人开始为她的孩子"吃"这件事情要操心一辈子。

从离开家以后，每次妈妈打电话一定要讲的话就是："你要记得按时吃饭，多吃一点……"并且每次回到妈妈家里，她都会准备一大桌饭菜，尽管她知道我吃不了多少。因为在她心里，我做饭给你吃，是对你最好的爱。

以前我不想让妈妈辛苦做饭，经常跟她说："我们去外面吃吧，省事儿！"但是她都会拒绝，除去节俭和认为外面吃不健康，更多的是她想要通过一道道亲手做的菜，来传递她热气腾腾的爱。

吃饭其实只是一件很日常的事情，但是跟谁吃，在哪里吃，才是这件事情的意义。

看过这样一句话："外面宴请，花的不过是一笔钱而已，但在家中设宴，才是真正花心思的款待方式。"

在男女的交往中，我们会通过带回家里吃饭来确认关系；在朋友相处中，我们会通过带回家里吃饭来区分亲疏关系；在社交中，家宴是最高端的社交标配。

罗振宇在《奇葩说》中曾经说过一个观点：添麻烦是最高级的社交货币。

这个世界上简单的事情谁都可以替你去做，但是一个真正愿意为你麻烦，甚至享受麻烦的人，背后一定是某种程度的认可和爱。

今天突然回家妈妈很意外，她问我的第一句话是："你回来是要办什么事儿吗？"我说："我就是回来陪你吃饭呀。"我看到的是她脸上藏不住的欢喜，她嘴上说："你最近这么忙，就不用辛苦折腾回来了，你想吃什么我过来给你做就是了……"但我明白，妈妈在我家和她自己家做饭给我吃，一定是不一样的感受。

有一种无可替代的爱，叫作"妈妈做的饭"。

不管你如何改变，有一种爱不变

"你变了！"在生活中我们常会听到类似的评价和反馈，这个反馈本身是中性的，但"变"这个动词后面可以加上任意你想传达意思的形容词。例如，"你变优秀了""你变冷漠了""你变谦卑了"……

"你变了"除了来自外界的反馈，还有一种来自内在的声音。一位朋友问我："我现在跟我身边的人聊不到一块儿去了，她们聊的那些家长里短的话题我好像完全插不上话，以前从没有这样的感受，你说我是不是变了？"

我说："你不是变了，你只是成长了！"

年龄的增长只是数字，思维的成长才是成长。

曾经以为30岁很遥远，回头一看18岁已经是十几年前的事了。小时候很想吃的糖现在随时都可以买，但已经不是原来的味道。虽然年龄在增长，但当我们渴望某件事物的时候，依旧像个小孩，眼巴巴看着高高的柜子上放着的糖果盒，可望而不可即。小时候会想：长大了我就能拿到。可是长大后想要的那颗糖，依旧要努力才能拿到。

年龄的增长不是意味着你可以掌控所有，它只是数字日复一日的叠加，只有思维的成长才是真正的成长。当有一天你发现，那颗糖你既有拿到它的能力，也有选择不拿它的权利，你才真正从一个小孩变成大人。

站在原地不是不变，而是退步。

就像文章开头我朋友的那个例子，有人成长就一定有人退步。可能她的朋友们没有变，聊的依然是十年如一日的家长里短，但当身边的人在飞速成长的时候，你站在原地不变就是一种退步。

我的朋友经常开玩笑说："你不要跑太快，在你身边不努力都感觉自己会被淘汰。"我说："我不跑的话也会被别人淘汰。"

每个人在这张社会关系网中，都是从一个圈子打怪升级到另一个圈子，没有谁会停下来等谁，停下来意味着自动放弃游戏，也必然需要接受被淘汰的惩罚。

游戏的本身不是去拿到奖赏，而是体验玩游戏的过程。正如人生，不是为了最终获得什么，而是仅此一次不能重来也不能暂停的体验。如果你在中途坚持不住按下暂停键，也就主动放弃了你的后半生。

每个人都在忙着长大忙着改变，可是在有的人心里，你永远没有变。

就像爸爸记忆中我最爱的水果依然是苹果，在妈妈记忆中我最爱的发型依然是高马尾……当全世界的人都认为你变了，只有他们认为你没有改变，也不会长大。

晚上妈妈在电话里对我说："后天我过来看你，我给你做了很多你爱吃的……"她细数了一堆在她的记忆中我爱吃的。

我经常对我女儿说："你快快长大吧，这样我就不用操心了。"可是现在我明白了，不管长到多大，你都是父母心中的牵挂。

有一句话是这样说的："我做了那么多改变，只是为了心中不变。"

长大后，我们变了，也从未改变。

珍　贵

人们都会有一种心理，对特殊的、稀有的、限量的、难以得到的东西特别珍惜。

例如，女生都喜欢限量版，限量版包包、限量版鞋子、圣诞限量套装……但凡一件物品加上"限量版"几个字，就感觉它的价值瞬间提升，这也是为什么很多大牌商家都喜欢做限量系列。那消费者的消费逻辑是什么呢？当购买一个限量版物品的时候，买的已经不是这件物品本身，而是我跟其他人不一样的优越感，我值得拥有更好的自信，我需要人无我有的那种存在感……因为它特殊，所以珍贵。因为我拥有这份特殊，所以我也变得特别珍贵。

小时候我特别不喜欢喝鸡汤，每次我妈妈让我喝的时候拿出一大盆告诉我说"喝下去会身体好、会长高……"，我都是拒绝的，甚至会偷偷倒掉。后来突然有一次，她端给我一小碗，然后偷偷跟我说："这一碗是鸡身上最有营养的肉，单独给你炖的。"我看着这一小碗，再看着其他人喝的那一大锅，无比开心，于是一口气把它喝完了。从此以后，我妈每次都用这招，屡试不爽。多年之后我才知道，我那一碗也是从那一锅里面盛出来的。其实那个时候我接受喝鸡汤并不是真正在喝鸡汤，而是接受妈妈那份"特殊的爱"。我也感谢妈妈的良苦用心，尽管鸡汤并不特殊，但她的爱是最特殊的珍贵。

　　贵人给你的机会因为很难得所以特别珍贵，恋人的纪念日一年只有一天所以特别珍贵，父母正在一天天老去所以陪伴他们特别珍贵……你生命里的每个人、每件事都可以由你赋予它特殊而珍贵的意义。

陪伴，有很多种方式

现实中，很多妈妈把陪孩子当成借口，把自己的安逸、放弃自我和梦想归结于孩子身上，甚至夸大父母的陪伴会影响孩子一生……

陪伴固然重要，孩子的童年一去不复返，但陪伴有很多种方式，当你可以做好自己，用榜样的力量去影响，何尝不是一种陪伴呢？

我的童年几乎是爷爷奶奶陪伴成长的，那时候爸爸妈妈都很忙，他们大概一周回来看我一次，每次都会大包小包带很多好吃的，逢年过节会给我买好看的裙子……直到小学毕业，我才真正意义上跟他们生活在一起，但我并没有因此感觉缺爱，反而是他们让我学会了独立，也让我知道所有一切都要靠自己努力去获得。

很多人问我："你创业最初的动力是什么？"因为工作，我陪女儿的时间特别少，但是在前几年她学习没那么紧张的时候，重要的场合我都会带上她，开会、做活动、举办招商会……我想让她看见妈妈工作的状态，但凡有人问她"你长大后的梦想是什么"，她都会说："我想成为像妈妈一样的人。"这就是我坚持的动力，做好自己的同时影响着我的女儿。

并非每天形影不离就是爱，不管是对孩子还是对父母，我们都先是自己，再是其他角色，先过好自己，才有能力爱身边的人。

就像我妈妈，她虽然很想我能陪她，但如果只是每天碌碌无为在家，那种低质量的陪伴，我相信那不是她理想中的女儿的样子。

一个朋友每到一个地方、每吃一餐饭，都会拍下照片或视频。

刚开始我很好奇："你又不发朋友圈，为什么要拍这些？"

他说："我发给我妈妈，我在外面工作不能经常陪她，只能用这种方式让妈妈感受到我在她身边。"

陪伴有很多种方式，送给父母最好的礼物，是成为他们的骄傲，那种精神的陪伴，比你在他们身边，会让他们更富足。

陪伴，也需要底气、需要能力、需要爱……

感　恩

　　今天是感恩节，朋友圈被各种感恩轰炸。一大早我就发了一条："用你的方式热爱并回应这个世界和生命里重要的人，便是一种感恩。"结果这条文案被我朋友圈的人疯狂转发。

　　为什么会有各种节，并且大家对这一类节日越来越重视？就是在我们社会文明进步以及时代发展带给我们压力和忙碌的同时，让我们可以记住和重视平时我们容易忽视的情感表达，让生命中多一点仪式感。情人节、母亲节、父亲节、感恩节……所以在这些重要时刻，千万不要吝啬你的表达，因为那些在你生命中重要的人，他们会有所期待。

　　以往的每个母亲节、父亲节、感恩节我都是忙到只有通过转账才会让自己心安，但其实只有我自己知道，这不是真正的心安。今天女儿突然问我："你不在家的时候，我会很想我的妈妈，你会想你的妈妈吗？"听完这句话我无比内疚，我立刻放下手中的工作，跟我爸妈打电话闲聊了一个多小时，电话的那一头我从他们的语气语调里感受着他们的开心。这一刻，我才感受到什么是真正的心安。父母要的，真的很简单。

生命中重要的人，都值得我们用心去感恩。

曾经我是一个只注重结果的人，因为我曾认为很多话我不需要说，做给你看就行了。现在却发现，我错过了很多过程的美好……

每个人的心中，都有自己的"英雄"

在这个世界上，每个人心中都有自己的英雄，而你自己也可能是别人的英雄。

有一次课程结束之后，我和大佳跟老板一起吃饭，聊我们最近的工作、状态和收获，他突然问大佳："你想成为一个什么样的人？你心目中的英雄是谁？"

大佳说："当然有啊，我心中的英雄就是周亿，我想成为和她一样的人。因为跟她在一起7年了，见证了她7年中的成长，不管别人如何质疑，她心底不断前进的那种力量让我钦佩，我懂她，我也会一直跟随她。"

听完这一段表白我的内心有一点感动也有很多感恩。我经常说，我们一生会遇到无数的人，但是真正懂你、会义无反顾支持你，不管你当时是在辉煌时刻还是人生谷底的人不会太多。

7年来我们走过无数风雨，人来人往，而那个不管你任何时候回头她一直都在你身后的人，比任何的言语都让人感觉踏实。很多人问她："为什么你这么傻，不管她做什么你都要追随？"她说："因为我就是相信她，也见证了她不管选择什么都会努力做到最好。"

我一直在追逐我心中的英雄，回过头看看，那些把我放在心里的人，你们何尝不是我心中的英雄。英雄在我心里并不需要做出什么惊天动地的事，只需要影响和牵引我找到更好的自己。而那些在我们成长路上默默见证和成就我们的人，身上散发出来的那种坚定，就是我理解中的英雄气概。

在我心中，那些我会用不同方式去感谢的人，你们都是我心中的英雄。

把最好的自己，留给自己人

从小我们所处的环境给我们的教育就是：先就着外人，自己人怎么着都行。

永远要把最好的一面呈现给别人，最好吃的留给别人、最好的脾气和态度留给别人……

我们，为谁而活

小时候我在奶奶家，她自己总是喜欢挑坏了的水果吃，其次好一点的给我们吃，最好的留给客人吃……所以她吃了一辈子的坏水果。我问奶奶为什么每次自己都要挑坏的吃，奶奶说："自己吃的，能吃就行，给客人的，还得好看，不然别人会怎么看我们？"

每次我们家来一大堆客人，饭厅大桌坐不下，奶奶就带着我们坐在厨房里的小桌边吃饭，好吃的菜都在外面的大桌，弟弟吵着要坐大桌，奶奶就会生气："外面大桌是客人坐的，我们随便吃点就行。"

这就是我从很小受的教育，好的永远要留给别人，和自己人怎么着都行。

奶奶离世的时候，我当时想得最多的就是：奶奶她一辈子活得开心吗？她一辈子都在为别人考虑，完全没有了自己。

最好的，该留给谁

据一项心理学调查显示，大部分男人对老妈发火最多，大部分女人对老公发火最多，离婚者对孩子发火最多。

周国平也说："对亲近的人挑剔是本能，但克服本能，做到对亲近的人不挑剔是种教养。"

为什么我们总是习惯把宽容给别人，把苛刻留给最亲近的人？

因为我们吃定了亲近的人不会离开我们，因为我们知道他们不会让我们损失什么，因为对亲近的人苛刻代价最小……

以前我对小魔仙态度特别不好，有一次带她去外面吃饭，一起的还有好几个朋友的孩子，吃饭的时候他们一起追跑把朋友手里拿的水杯撞掉了，水洒了一身，我没有控制住情绪把她大骂一顿，后来整个晚上没理她。晚饭结束，大家各自分开时，我笑着跟大家道别，抱了抱其他小朋友。回家的路上，小魔仙泪眼汪汪委屈地说："妈妈，你可不可以像对别的小朋友那样温柔对我？"

我可以宽容别人，为什么到自己最爱的人这里就不行了呢？

那一刻我知道自己错了……

对爱的人苛刻，结果就是，他被伤害，而我们后悔自责。显然，这不是我们的初衷。

把最好的自己，留给自己人。

知乎上有人问："什么才是最高级的情商？"其中有一个高赞回

答："即使是对最熟悉、最亲切的人，仍然保持尊重和耐心。"

人生中不同的阶段会遇到不同的人，而最终所有人都是过客，只有自己的亲人，才是陪伴我们走到最后的人。

我们终其一生不是为了讨好，不是为了利益，不是为了让谁夸你一句"你真好"，如果连最亲近的人你都从未好好对待过，那又怎么算是没有遗憾的人生呢！

爱自己，爱自己人，才有资格爱别人。

旅行的意义

经常会有说走就走的旅行，完全放空，所有的工作都交接给助理，除了收款和每天的演讲打卡没有停下来，前者填满口袋，后者丰富脑袋。

在一次次的旅行中，其实能体验到很多生活感悟。

不是谁离不开你，而是你离不开谁。

很多人问我："你每次出门这么久，小魔仙不黏你吗？"

曾经我总是以为她没办法离开我，当我的出差成了日常，她也就习惯了，甚至我在家多待几天，她都会很好奇地问："妈妈，你怎么这么久没出差了？"

大部分的父母，都会以为孩子没有办法离开父母，事实上，他们比我们想象的要独立许多。

除了孩子，我们以为离不开自己的，还有工作。

人们总是习惯高估自己，以为公司或团队离开你就活不下去了。这一次，所有找我关于工作的信息我都没有回复，直接交给助理对接处理，今天偷偷看了一眼业绩报表，丝毫不受影响。

这让我想到经常有朋友想要去上课，借口都是：店里/公司很忙，完全走不开……当一个创始人没有办法让自己的团队独立的时候，一定要重新思考我们平时对团队的培养了。

每一座城市，最深入人心的一定是文化。

这是我第3次来到大理，时隔两年到这里，看到May在高铁站把我的行李箱抬下长长的楼梯，我抱怨地说了一句："大理这发展也太慢了吧，两年了高铁站连个电梯都没有……"

"慢"是我对这座城市的第一印象。

昨天我们在老街逛的时候，朋友说："好想留在这儿，看着他们在街边摆摆地摊生活也很享受……"我说："你也就说说，真正让你留下来你肯定受不了的。"

当我们习惯快跑的时候，慢跑就是一种"慢"；当我们习惯慢跑的时候，走路就是一种"慢"。我们经常说安逸的人不够努力，但努力的人也同样做不到安逸。有时候，能慢下来，不争不抢也是一种境界……

"淳朴"是我对这座城市的第二印象，今天跟拍摄影师带我们去了一个偏远的村庄，在那里拍完照，我们看到一群白族老奶奶围坐在一起晒太阳，我们走过去和她们闲聊了几句，她们非常热心真诚地回答了我们的问题，让我真正感受到那种久违的发自心底的淳朴。

情怀，不赚钱但值钱。

这两天，我们换了两家酒店，每次出去旅行，我们喜欢换不同的酒店，感受设计师不同的设计理念和酒店服务及文化。

这次的两家酒店，价格都差不多，细节、服务和体验感，却差十万八千里。

第一家酒店的老板，一定是一个有情怀的人，酒店处处细节无不体现他的用心，所以我们留心观察，选择这家酒店的住客，品位和素质都很高；而第二家就是纯粹的网红商业店，从装修到餐食到住客，都是快餐式的。两家的收费差不多，但能感受到成本差很多。

最明显的是两家酒店配的摄影师，第一家的摄影师昨天给我们拍完一组照片，朋友说："这是我这么多年来拍得最好的照片。"

这位摄影师同样是一个特别有情怀的人，今天请假开车带我们绕着洱海当免费导游、司机和摄影师，我问他怎么收费，他说了一个很低的价格，他说："我完全把你们当朋友……"后来又驱车去了一个多小时的村里，拍完还把我们送到机场。

为什么说情怀不赚钱但值钱？

因为如果有朋友要去大理，我一定会给他推荐这家酒店和这位摄影师，这就是延迟的价值。

每一次旅行，都是一次重新启程。带着满格的电量，继续回归属于我的生活节奏。

关　系

"成年人结束一段关系的方式，不是争吵和崩溃，而是一种默不作声的疏离。"这句话曾在网上疯传，但凡会火的，一定是可以和大家共情并引发思考的。

一段关系，远没有我们想的那么牢固，不管是友情、爱情抑或只是合作关系，往往我们以为坚不可摧，最后却会败给时间、误会和不理解。

维持关系的分寸感。

记得曾经我分享过一篇文章，高手和顶级高手之间的差别在于分寸感。

讲话的分寸感、距离的分寸感，同样一句话，不能对所有人说，一句话的意义不在于说的人，而在于听的人如何去解读。

很多关系的决裂，都是来自一句不起眼的话，那种走钢丝般的分寸感，其实是真正把对方装进了心里。

人与人之间，是以心换心。

我一直说今年我会花很多精力去尽量修炼自己的温度，打破那个自我世界里自私的自己。

前两天在车上，我和一位好友聊天，她不小心开了外音，在手机那头说："我老公不同意我去深圳，他说怎么你怀孕了她不过来看你。"

前几天我跟好友说："过几天我会在深圳，半年没见到你，要不要过来找我？"她爽快答应，但当她跟她老公说的时候，她老公担心她孕早期的身体，于是就有了开始那段对话。

生活中我一直是索取型性格，我身边所有朋友都是会照顾我的类型，曾经我享受其中；后来我明白，这个世界不可能永远围着你转，也不会有人永远是付出的那一方，不管是哪种爱，都需要回流。

当别人愿意无条件对你的时候，以心换心才能看懂真心。

用心不等于100%坦诚。

曾经有人问过我："你朋友圈会设置分组可见吗？"

我说："当然，例如，每天很晚发的朋友圈，我爸妈看不到，因为不想让他们担心；例如，我那些不喜欢看广告的朋友，只能看到我的生活；例如，不知道要对谁说的话，每次写完设置仅自己可见……"

听过一句话："再好的关系，也经不起试探；再深的感情，也会有所隐瞒。"每个人都会有"三面"，人尽皆知的一面、鲜为人知的一面和不为人知的一面。

真正坚不可摧的关系，并非两个圆的交集，而是两个半圆凑成一个圆。

最重要的人

　　当年，乔布斯被邀请到斯坦福大学演讲，他后来的妻子劳伦刚好坐在他旁边，他演讲时思路一直被打断，没错，乔布斯爱上了她！

　　演讲结束后，乔布斯要赶往一场商业会议，当他走到停车场的时候，他问自己："如果这是我生命中的最后一天，我是要赶去开会还是和这个女人一起度过？"他问完自己，内心自然有了答案。

　　乔布斯从17岁开始，当他感到迷茫，不知道自己该如何去做选择时，就会用这种方法把自己的人生压缩，然后问自己。当时间变得有限，我们自然会遵从内心把它花在最重要的人和事上面。

　　很多人会说，我不知道我生命中最重要的人是谁。

　　你在生命最后时刻挂念的人，就是最重要的人。

　　我第一次感觉自己处在生死边缘是在2015年，那时候和团队10个人去了普吉岛，有一天的行程安排是出海，记得那天天气非常不好，导游建议我们不要出海，但同个团的还有其他人，有几个人坚持一定要去，他们的理由是钱都交了，最后导游说，只要有人想去，就必须大家一起去。

当我们的快艇开到大海的深处，开始狂风暴雨，感觉整艘快艇都要被掀翻，海水和雨水不断往里灌，整艘快艇上的人都在此起彼伏地尖叫，所有人都感觉这次死定了，我甚至开始想象我们这一船人出事的消息第二天出现在各媒体的画面，想象着我女儿没有妈妈后很惨的画面，想象着我父母伤心欲绝的画面……越想越可怕，我只能死死抓住我们团队里游泳最好的那个人，就这样持续了两小时，当快艇安全返回时，我们所有人都感觉重生了一次。

从那一刻起，我告诉自己，余生，我一定要好好爱我生命中最重要的人。

后记：生命的意义，是成为更好的自己

人的一生，是追求快乐，还是追求意义？

有人说，过好当下就好，每一刻自我的感受最重要；有人说，我好不容易来到这个世界上，离开前总要创造和留下些什么。

都没有错，快乐很重要，意义也很重要。

快乐，更多的是自我的感受；意义，更多的是对别人的成就。

我有一位朋友，家里条件只比一般人好一点点，她却总是拿钱做公益，她家人说："如果你很有钱，去做这些事情，我们都支持你，但我们自己条件很一般，比你有钱的人那么多，人家都不捐，你为什么要去逞这个强呢？"

她说："我自己够生活的就可以了，把多出来的钱捐给需要的人，会比我留着它更有意义。"

与其沉迷"得到更多"的快乐，不如试试"给出更多"的意义。

我们经常说：要按照自己的意愿过这一生。这不是碌碌无为，也不是随遇而安，只是在做每件事情之前，要先问问自己的内心。

第一，我做这件事情，有没有忠于自我？

第二，我的人生有没有专注在我觉得真正重要的事情上？

第三，我现在的样子是否是我真正想要成为的那个样子？

能做、可做、想做的事情的交集，才是我们真正要花时间和精力去做的事。

曾看到过一段描述特蕾莎修女的文字：

"当她走进屋子里的一瞬间，在场所有人的心中都充满了莫名的幸福感，她的出现即刻使人们几乎想不起任何杂念和怨恨。"

她能达到这种境界，最关键的原因是她有着对万事万物的爱，这种爱不仅给了她生命的意义，还给了她极高的能量层级。

当我们学会去爱人以及感受被人爱着的时候，生命就开始变得丰盈起来，它也就开始给人生赋予意义了。

周国平老师曾说："人是这世界上唯一能够追问自身存在意义的动物。这既是人的伟大之处，也是人的悲壮之处。"

在我看来，生命的意义，是成为更好的自己。